동아
COMMUNICATION
GROUP

동아
COMMUNICATION
GROUP

글의 신이 강림했다

골프의 신이 강림했다 8권

초판 1쇄 인쇄일 | 2022년 8월 19일
초판 1쇄 발행일 | 2022년 8월 25일

지은이 | 일필
펴낸이 | 박성면
펴낸곳 | (주)동아

출판등록 | 제406-2007-000071호
주소 | 경기도 파주시 문발동 223-1 2층
전화 | (031)8071-5201
팩스 | (031)8071-5204
E-mail | lion6370@hanmail.net

정가 | 8,000원

ISBN 979-11-6302-601-3 (04810)
ISBN 979-11-6302-563-4 (Set)

골프의 신이 강림했다

일필 스포츠판타지 장편 소설 DONG-A SPORT FANTASY STORY

동아
COMMUNICATION
GROUP.

목차

골드의 신이 강림했다

1화. 초감각 신위

골프의 신이 강림했다

"이건가요?"

"뭐가?"

"준비가 필요하다던 오빠의 능력."

정확히 그건 아니다.

하지만 막연했던 생각이 구체화되기 시작했다.

자신을 위험에 빠뜨릴 고난은 이와 같은 초능력이다.

인간의 상식과 과학으로 해석할 수 없기 때문에 위험하다.

어차피 예측 가능한 위협은 막을 인력이 따로 존재한다.

그렇다면 그들보다 더 월등한 초능력을 갖춰 흔들리거나

피해를 입지 않으면 되는 것이다.

"이게 어떻게 된 거지?"

"당사자가 모르면 누가 알아요. 다시 한번 해 봐요."

믿기지 않아 다시 시도해 봤다.

그런데 허망하게도 되지가 않았다.

그러면서 머리는 더 혼란스러워졌다. 방향이 잡힐 듯하다가 다시 엉망진창이 된 느낌이었다.

폰이 할 말 많은 얼굴을 하고 있었으나 태주는 땀이 식었다는 이유로 자리를 털고 일어나 발걸음을 옮기기 시작했다.

'나도 그들과 같은 염력을 써야 하는 건가?'

'그건 정답이 아닌 것 같은데…'

일단 그들보다 강해져야 하며 한 손으로 열 손을 막을 수는 없다는 생각이 들었기 때문이다.

브라운은 신성한 성자의 힘을 언급했으며 마틴은 신의 기운(神氣)을 입에 담으며 견정한 의지만 있다면 스스로 길을 찾을 수 있을 것이라고 말했다.

눈을 감고 바닥을 더듬어 횡재수를 찾는 느낌이었다.

"오빠. 여기서 더 올라가면 제시간에 돌아오기 힘들 거야."

"임 팀장님. 폰 좀 데리고 내려가 주실래요?"

"보스는 어쩌시려고요?"

"전 조금 더 올라가 혼자만의 시간을 갖고 싶습니다."

그건 안 된다고 말하려던 임성준이 고개를 끄덕였다.

태주도 그걸 모르고 말한 것 같지가 않았기 때문이다. 중요한 것은 이럴 때 교대해 주면 좋을 안나가 정말로 파타야로 떠났다는 것이다.

때문에 폰을 데리고 내려가면 태주 곁을 지킬 사람이 없다. 그런데도 싫다는 폰을 데리고 하산하기 시작했다.

이번 지시는 따라야 한다는 느낌을 받았기 때문이다. 그나마 안심되는 것은 위험요소를 한 치도 발견할 수 없었으며 태주의 운동 능력이라면 쉽게 당하지 않을 거라는 믿음도 있었다.

게다가 언제든 위치를 확인할 수 있도록 스마트폰에 GPS 기능을 설치해 놔 마음을 놓을 수 있었다.

"아! 여기 좋네."

까딱 떨어지면 위험천만할 바위에 걸터앉았다.

속이 후련하게 뚫리는 전망을 놓칠 수 없었기 때문이다.

파란 하늘이 높고 투명하게 빛을 발하는 가운데, 비 온 뒤 더 또렷해지는 것처럼 맑은 산야가 시야 가득 들어오자 영혼이 정화되는 느낌마저 들었다.

실로 오랜만에 느껴보는 자유였다.

아름다운 코스를 보며 감탄하던 감정과는 달랐다.

그땐 목적의식이 분명했고 도전을 위한 무대는 멋질수록

좋다는 생각을 하며 그걸 자기화하는 데 주력했다.

하지만 지금은 그 어떤 속박도 느껴지질 않았다.

"바람도 시원하네. 눈도 맑아지는 느낌이 들고…."

"뭐지? 이건?"

눈이 좋다.

흔히 운동선수들에게 필요한 동체 시력이 좋다는 말인데, 그 정도 수준이 아니었다. 너무도 사물이 또렷하게 잘 보이는 것 같아 한 지점에 집중했는데, 놀라운 일이 벌어졌다.

'폭포? 그런데 어떻게 소리까지 들리는 거지?'

고개를 휘휘 저어 집중력을 깨뜨렸다.

도저히 보일 수 없는 원거리의 사물들이 줌 카메라를 당긴 것처럼 또렷이 보였고 거기 있던 폭포에서 떨어지는 물소리, 그리고 그곳에 놀러 온 사람이 있는지 말소리까지 들렸다.

하지만 집중력을 흐트러뜨렸더니 언제 그랬냐는 듯 시력과 청력이 평범하게 되돌아왔다.

"초감각?"

"이건 이미 수차례 경험해 본 거잖아. 그래도 이렇게 대단하진 않았는데…."

"그래! 이게 정답에 더 가깝지!"

초감각을 활용해 감지하는 것이다.

자신을 향한 위협을.

그런 위협은 흔치 않은 일이다.

시간을 정해 놓고 다가오는 것도 아니고.

때문에 초감각을 발전시키는 것이 정확한 대안이 될지는 아직도 확신하기 어렵지만, 이미 익숙한 그 능력이 고도화되면 최소한 피해를 입지는 않을 것 같았다.

"문제는 이런 초감각을 자위적으로 발동시킬 수 있어야 하고 조절도 가능해야 한다는 거지!"

"후우!"

사방이 확 트인 자연의 중심에 위치했기 때문일까?

필요성을 간절히 느꼈기 때문일까?

심호흡을 하고 감각을 끌어올렸더니 시각, 청각, 후각, 그리고 전신의 피부가 살아 숨 쉬는 듯 촉감까지 극대화되었다.

보고 싶은 곳을 더 정확히 볼 수 있었으며 듣고 싶은 지점의 소리가 확대되어 마치 곁에서 듣는 것처럼 가까이 들렸다.

그러다 접한 이상한 소리가 있었다.

"케인. 난 동의할 수 없어. 동향만 보고하라는 지시였잖아!"

"나도 알아. 하지만 우리한테 이런 임무를 부여한 B의 의중을 생각해 봐. 결국 저놈이 적이라는 말이잖아."

"그런 판단은 우리 몫이 아니야. 적인지, 아군인지, 왜 살 피라고 했는지 알지 못하는 상황에서 우린 그저 우리한테 주 워진 임무만 수행하면 되는 거라고!"

"이런 기회는 다시없을 거야. 칸트, 너랑 내가 힘을 합하 면 저런 놈 하나 죽이지 못하겠어?"

"안 돼! 보고하고 명이 떨어지기 전까지는 절대 동의할 수 없어. 더욱이 저 친구, 보통 사람이 아니라고!"

"야! 폰도, 무전도 안 터지는데 무슨 보고야! 선조치 후보 고 몰라?"

케인이라는 놈은 공에 목을 매는 놈인 것 같았다.

나름 이유는 충분했다.

태주가 경호원도 없이 깊은 산중에 홀로 있기 때문이다.

하지만 파트너는 결사반대했다.

주어진 임무가 아니기 때문이라고 말했지만, 그는 태주가 누군지 알고 있었으며 절대 만만한 인물이 아니라고 판단했 기 때문이었다.

다만 일반인도 아닌 무력 조직 요원인 자신들이 적을 두려 워한다는 것을 입에 담을 수는 없었다. 다행히 타깃은 위험 을 감지하지 못하고 계속 산에 머물고 있었다.

"내가 신호 잡히는 곳까지 이동해서 보고하고 명령을 받아 올 테니까 저놈 감시나 잘해!"

"케인. 그럴 필요 없잖아?"

"난 이 기회를 놓치고 싶지 않아!"

결국 케인은 감시 위치를 벗어났다.

하늘이 준 기회라고 생각했기 때문이다.

하지만 위험천만한 바위에 걸터앉아 의미를 알 수 없는 행동을 반복하고 있는 태주를 바라보던 칸트라는 남자는 어느 한순간 벌떡 일어났다.

갑자기 태주가 시야에서 사라졌기 때문이었다.

서둘러 주변을 살피고 직접 움직여 봤지만 연기처럼 사라진 태주의 종적을 찾을 수 없었다.

그때부터 등에 땀방울이 맺히기 시작했다.

"어이! 어딜 그렇게 급히 가?"

"어? 넌?"

"보고가 왜 필요해. 그냥 저질러."

"이 미친 새끼가! 운동 좀 했다 이건가? 잘됐네, 잘됐어."

케인은 회심의 미소를 지으며 다가왔다.

태주는 바위 위에서 놈의 이동 경로를 훤히 살펴보고 있었다. 그리고 더 이상 회피하지 않기로 결심했다.

놈의 진로를 막는 것은 어려운 일이 아니었다.

운동으로 다져진 몸을 쓰는 것도 자신이 있었지만, 초감각을 끌어올린 상태에서는 몸이 날아갈 듯 가벼웠기 때문이다.

실제 놈을 따라잡으며 그 생각이 틀리지 않았음도 확인했
다. 놈이 총기를 휴대할 수 없는 나라에 와 있다는 점도 용
기를 내는 데 도움이 되었다.

퍽!

"으으윽! 이게 대체?"

"야! 이 미친 새끼야! 그만해!"

놈을 제압하는 것은 일도 아니었다.

태주를 우습게 본 놈이 마구잡이로 주먹을 휘두른 순간,
승부는 끝났다. 놈의 주먹을 살포시 피한 태주가 놈의 명치
에 주먹을 꽂아 버렸기 때문이다.

놈은 푹 꼬꾸라졌고 한 방에 무너진 놈이 구겨진 눈빛으로
째려봤으나 태주의 진짜 공격은 그때부터가 시작이었다.

볼썽사납게 축 늘어진 놈의 왼발을 인정사정없이 짓밟아
버렸다.

으드득!

뼈가 부러지는 소리가 터졌다.

일반인으로서는 상상도 하지 못할 잔혹한 행동이었다.

놈도 그런 장면은 상상도 하지 못했는지 눈이 허옇게 돌아
갔으며 갑자기 품을 더듬더니 시퍼런 단도를 꺼내 휘둘렀다.

하지만 그건 불에 기름을 붓는 행위에 지나지 않았다.

놈의 행동을 훤히 보고 있던 태주가 발을 들어 놈이 휘두

른 단도를 피함과 동시에 놈의 턱을 사정없이 걷어찼다.

벌건 피가 사방에 흩뿌려졌고 그 사이에 섞인 허연 이물질은 아마도 놈의 섭취물을 짓이겨 주던 역할을 하던 이빨이 아닌가 싶다.

"매를 버는 성격이군!"

"큭! 큭! 왜? 나를 이렇게 잔인하게 공격하는 거지?"

"이런 쓰레기 같은 자식! 넌 나를 죽이려고 했잖아?"

"아, 아니야! 내가 왜?"

"그냥 동향을 살펴 보고하라는 지시를 받긴 했지. 그런데 공을 세우고 싶어 지금 보고하러 내려가던 길이잖아."

"그, 그걸 어떻게?"

"네놈 얼굴에 다 써 있거든! 여하튼 잠깐 잠 좀 자!"

무슨 소리인지 알아듣지 못했다.

하지만 갑자기 앞이 깜깜해지더니 하늘이 뱅글뱅글 돌았고 환한 빛 속으로 꺼져 가는 자신을 제어할 수 없었다.

깜깜해진 이유는 태주의 무지막지한 발길질이 면상에 터졌기 때문이었고 환한 빛 속으로 사라진 것은 혼절하고 말았기 때문이었다.

놈이 대자로 누워 버리자 태주는 신발에 묻은 피를 잡초에 쓱쓱 문대 지우면서 우측 숲속을 향해 소리쳤다.

"나와!"

"······."

"동료를 구해야 하지 않을까?"

"······."

"넌 지시대로 따르려고 했던 거 알아. 하지만 동료를 적에게 놔두고 그냥 돌아갈 수는 없잖아."

"······."

"셋을 셀 때까지 나오지 않으면 내가 간다. 그리고 저놈과 똑같이 대우해 줄 거야."

"너무 건방지군!"

드디어 나무 뒤에 숨어 있던 남자가 나타났다.

나름 능력을 인정해 줘야 할 것 같았다.

아무리 비명 소리를 듣고 따라왔다고 해도 이렇게 빨리 사고현장에 나타날 수 있으리라고는 생각지 못했다. 놈은 일단 태주가 사라진 바위 근처부터 살폈을 테니까.

그런데 이미 제압당한 놈보다 덩치도 컸고 눈빛도 제법 날카로웠다. 무엇보다 중요한 것은 케인처럼 상대를 얕보지 않는다는 점이었다.

조심성도 있어 섣불리 다가오지 않고 사태를 관망했다.

"이봐 TJ. 저 친구가 너한테 무슨 잘못을 했다고 저렇게 작살을 냈지?"

"오호! 니들은 손바닥으로 하늘을 가릴 수 있다고 생각하는 공통점을 지니고 있구나."

"그게 무슨 소리야!"

"날 죽이려고 하던데?"

"내가 본 것은 네가 저항도 하지 못하는 저 친구를 사커킥으로 기절시킨 장면뿐이다. 이제라도 잘못을 인정하고 순순히 물러난다면 더 이상 죄를 묻지는 않을 것이다. 어때?"

"쥐어 터지고 나서야 바른 소릴 할 놈들이었군!"

"난 케인처럼 쉽게 당하지 않아!"

"닥쳐!"

선공을 날릴 의향은 없었다.

하지만 한가롭게 대화를 나눌 상황이 아니었다.

어서 놈들을 제압해 배후를 밝히고 싶었다. 게다가 초감각을 끌어올린 자신의 전투력이 어느 정도나 되는지 확인하고 싶은 마음도 없지 않았다.

아무리 두려웠어도 놈은 칼을 꺼내지 말았어야 한다.

한 발 두 발 다가오던 태주의 몸이 임팩트 된 골프공처럼 눈에 보이지도 않을 만큼 빠르게 쇄도할 줄은 미처 몰랐다.

단도를 들어 휘둘렀으나, 아니 그러려고 했으나 태주의 발길질이 한참 더 빨랐다.

'어떻게?'

"크아아악!"

놈도 기겁했지만 태주도 놀랐다.

그저 몸을 띄워 차려고 했을 뿐이다.

하지만 탄력을 붙여 몸을 띄운 순간, 완벽한 이단옆차기 동작이 완성되었고 놈의 가슴을 때리고 땅에 안착했다.

이건 자신이 상상하던 그 이상이어서 가슴부터 진정시켜야 했다. 하지만 그런 놀라운 무위를 감상할 겨를은 없었다.

가슴을 통타당한 놈이 바닥에 쓰러졌는데, 심장마비가 왔는지 파닥거리다 말고 허연 거품을 내뿜으며 정신을 잃었기 때문이다.

"힘 조절이…."

"인공호흡이라도 시켜야 하나?"

황당했다.

확실하게 밟아 줄 생각이었지만 살인을 의도할 만큼 간이 붓진 않았다. 하지만 가만히 두면 놈이 죽을 것 같았다.

초감각을 끌어올린 자신의 신위가 이렇게 파괴적일 것이라고 생각지 못했던 태주는 결국 파닥거리는 놈에게 다가가 호흡부터 확인해야만 했다.

"보스! 물러서세요!"

"어? 임 팀장님."

"제가 너무 늦은 건 아닌지 모르겠습니다."

"더 늦기 전에 이 사람 좀 봐주세요."

"어떻게 된 겁니까?"

"제가 걷어찼습니다. 이단 옆차기로!"

"네에? 가슴뼈가 다 으스러졌는데요? 부러진 뼛조각이 심장을 찌르면 죽을 수도 있어서…."

"그럼 저 새끼부터 깨워야겠군요!"

임성준은 벌어진 입을 다물지 못했다.

가슴뼈가 으스러져 생존을 장담하기 어려운 상대도 처참했거니와 바위 밑에 쓰러져 있는 또 다른 남자의 몰골은 더 처참했기 때문이다.

축 늘어진 다리 아래 왼쪽 발목은 아작 난 것 같았고 코뼈가 부러져 함몰된 얼굴은 더 처참했다. 코로는 호흡이 불가능해 퉁퉁 불어터진 입술 사이로 겨우 숨만 쉬고 있었다.

그것도 태주의 작품이라는 말에 당황하지 않을 수 없었다.

"아무래도 연락을 취해 헬기라도 불러야 할 것 같습니다."

"네. 둘 다 그냥 놔두면 죽을 가능성이 높습니다. 문제는 정당방위라도 이 정도면 살인미수로 기소당할 수가 있어서…."

영화나 소설이 아니다.

이건 현실이었다.

차마 말을 다 맺진 못했으나 임 팀장은 신고하는 것이 옳은 선택인지 의문을 표하지 않을 수 없었다.

하지만 태주는 스마트폰을 열어 누군가를 찾아 버튼을 눌렀다. 다행히 신호가 갔다.

뜯어말리지 못한 임 팀장의 얼굴에 깊은 번민의 그늘이 드리워졌다.

"나요."

"누구야?"

"TJ KIM."

"네놈이 어떻게 내 폰 번호를 알고 있지?"

"마리아. 네가 직접 줬잖아. 잡소리는 집어치우고 네 찌끄레기 좀 거둬 가!"

"뭔 소리야?"

"구글 지도 위치 찍어 보낼게. 늦으면 위험할 거야."

대답도 듣지 않고 전화를 끊은 태주는 구글 맵을 켜 현재 위치 전송을 눌렀다.

헬렌에게 연락할까도 생각했었다.

마리아에게 연락하는 것이 더 위험하다고 생각할 수도 있다. 하지만 태주는 혹시 몰라 저장해 뒀던 마리아에게 연락했다.

감추려면 그녀보다 확실한 대안이 없다고 판단한 것이다.

"뭐 하십니까?"

"지원이 올 때까지 기다릴 수는 없지 않습니까. 그냥 가기도 좀 그렇고."

두 환자를 나란히 눕힌 임 팀장이 응급조치를 취했다.

평소 무술로 단련된 건강한 자들이기 때문에 그냥 놔둬도 문제가 생기지 않을 방법을 강구한 것이었다.

만약 그가 다시 오지 않았다면 태주는 송장을 치워야 하는 상황에 처했을지도 모른다.

확실히 소름 돋는 일이었다.

"내려가시죠!"

"이대로 두고?"

"내려가서 후속 조치를 취하겠습니다."

"잠깐만요."

태주는 마리아와 또 통화를 했다.

자리를 뜨겠다고 일방적으로 통보한 것인데, 발끈하는 그녀의 입에서 알겠다는 말을 들은 뒤 바로 통화를 끝냈다.

다 좋았는데, 뒤처리는 못내 찜찜했다.

상대가 자신을 죽일 생각을 했기 때문에 그 어떤 짓을 해도 무방하다고 생각했는데, 막상 피를 보자 편치 못했다.

누군가를 무력으로 제압하는 것은 역시 사람이 할 짓이 아니라는 것을 깨닫게 되었다.

"대체 어떻게 된 겁니까?"

"말하자면 깁니다. 분명한 것은 이제 누구에게든 쉽게 당하지 않을 방법을 찾았다는 겁니다."

"어떻게요?"

태주는 대답 대신 주먹을 들어 보였다.

싸움에 자신이 있다는 뜻이었다.

결과만 놓고 본다면 이해할 수밖에 없지만, 임성준이 납득하기에는 여전히 물음표가 많았다.

하지만 더 이상 언급하기가 애매했다.

초감각을 언급하는 것이 더 황당한 일이었기 때문이다.

임 팀장이 말했다.

"시간 나는 대로 저랑 한판 붙어 보셔야겠습니다."

"그것도 재미있겠네요."

"저를 제압하신다면 저도 한결 마음을 놓을 수 있을 것 같습니다. 그게 아니라면 충원이 필요하고요."

"안나는 어떻습니까?"

"실전 상황은 둘째 치고, 놀라고 했다고 진짜 놀러 가는 그런 여자를 어떻게 믿습니까! 이번 사건에 대해 헬렌에게 보고할 겁니다."

"팀장님. 일단 안나와 먼저 상의하세요. 그녀 입장에서는 억울할 수 있습니다. 제 말을 따른 것뿐인데…."

강요할 수는 없었다.

임 팀장이 이번 사건을 심각하게 받아들이는 것은 당연했다. 피를 봤고 회복을 장담할 수 없는 부상까지 나왔으니.

하지만 그건 태주도, 그도 예상하지 못한 전개였다.

안나에게 휴식을 준 것도, 놈들을 피할 수 있었음에도 직접 부딪쳐 피를 본 것도 자신의 선택이었다. 그 책임에서 자유로울 수 없기 때문에 헬렌과 상의하는 것은 만류했다.

그러나 헬렌은 이미 알고 있었다.

태주가 마리아와 통화한 것까지.

아카데미 주차장에 차를 대기 무섭게 연락이 왔다.

"왜 제게 연락하지 않으셨어요?"

"워낙 경황이 없었습니다. 그리고 사고 뒤처리를 당신에게 맡기는 것도 내키지 않았고. 근데 어떻게 알고 있는 겁니까?"

"위성이요. 당신이 있어야 할 위치가 아닌 곳에 너무 오래 머물러 있다는 보고가 들어와 정보위성을 띄웠어요. 받은 영상을 보고 제가 얼마나 놀랐는지 아세요?"

"위성까지 동원합니까?"

"놈들이 거기까지 사람을 보냈을 줄은 몰랐어요. 미안해요."

"아닙니다. 그냥 염탐한 건데, 제 감각에 잡히는 바람에."

헬렌에게 맡겨도 괜찮았을 것이라는 결론을 봤다.

왜냐면 통화를 마치고 한 시간도 지나기 전에 안나가 도착했기 때문이었다. 그녀는 헬리콥터를 타고 왔다.

그만한 조직을 태국에 보유했을 리는 만무하고, 협조 가능한 파트너가 있음은 엿볼 수 있는 대목이었다.

안나의 표정이 서리 내린 빙벽처럼 바뀐 계기였다.

그녀는 누구 탓도 하지 않았다.

그저 고개를 살짝 숙여 미안함을 표했을 뿐.

태주에게 복귀 신고를 마친 그녀가 이내 사라졌는데, 헬기가 날아가는 방향을 보면 사고 현장으로 날아가는 것 같았다.

"뒤처리는 잘되겠죠?"

"이제 보스 손을 떠난 일입니다. 신경 쓰지 마시죠."

"그렇군요."

"미국에는 언제 돌아가실 생각이십니까?"

"어쩌면 여기에 더 머물지도 모릅니다."

"US 오픈 준비는요? 홍 프로님도 보스랑 같이 움직인다고 여기로 오고 있습니다."

"조금만 더 두고 보죠. 그리고 내일부터 제게 레슨 좀 해주셔야겠습니다."

"레슨이라니요?"

골프 프로에게 레슨은 하나뿐이다.

특히 태주는 누구에게 배울 단계의 선수가 아니다.

때문에 황당한 표정을 지었지만 임성준은 이내 알아챘다.

스윙 레슨이 아닌 실전 격투 기술을 배우고자 한다는 것을.

태주가 남다른 운동 감각과 건장하고 탄탄한 몸을 지녔다는 것을 익히 알고 있지만, 실전 격투는 또 다른 영역이다.

오늘 같은 사건이 또 터지지 말란 법이 없기에 임 팀장도 가볍게 받아들이지는 않았다. 하지만 다음 날 새벽에 진행된 레슨에서는 경험, 요령도 무색한 상황에 직면하고 말았다.

"헐!"

"미안합니다. 다시 한번 보여 주십시오."

"저 그만할랍니다."

"왜요? 저에게 정말 큰 도움이 되고 있다니까요!"

"어린아이가 아무리 세게 친들 뭘 합니까! 상대는 근육질 어른인데! 게다가 때린 충격보다 더 강한 반탄력까지! 저도 아파서 더는 못 하겠습니다."

"힘은 다 뺐는데…."

임성준이 두 손 두 발 다 들었다.

요령을 가르쳐 준 것은 맞다.

하지만 그 무엇이든 흉내만 내도 자신은 그걸 받을 수조차 없었다. 힘을 빼고 살살 때려도 맞는 순간, 온몸의 뼈가 이탈하는 느낌이 전해져 도저히 감당이 되질 않았다.

그래서 다양한 공격 수단을 보여 주는 과정만 반복했는데, 때린 사람이 튕겨 나가는 황당한 상황에 옅은 부상이 누적되어 항복하고 말았다.

"충원은 하지 않아도 될 것 같습니다."

"스페어 조종사는 있어야죠."

"안나가 자격증이 있답니다."

"그건 어떻게 알았습니까?"

"어젯밤에 술 한잔했거든요. 생각만큼 막돼먹은 여자는 아니더군요."

"어?"

"아닙니다. 왜 이러십니까?"

"내가 뭐라 그랬다고…."

임성준이 도망치다시피 떠나갔다.

적어도 그린라이트라는 생각이 들었다.

안나의 적극적인 행동이 주효했을 가능성이 높다. 술의 기운을 빌었다면 그녀 정도 되는 미녀는 통하지 않을 수 없다.

임 팀장의 꼼꼼한 성격을 감안하면 경호에 구멍이 날 일은 없을 테고, 일하는 데 활력을 불어넣으면 좋다는 생각을 했다.

큰 소득을 얻었다.

'마음의 울림이 있어야만 초감각을 끌어올릴 수 있었는데….'

이젠 자의적인 발동이 가능했다.

골프 라운드에 활용할 생각은 눈곱만큼도 없지만, 적재적소에 활용하기 위해서는 보다 자연스러운 출납이 요구되었다.

생각지도 못한 곳에서 실마리를 찾게 된 태주는 태국을 떠나기 싫었다. US 오픈이 놓칠 수 없는 중요 대회가 아니었다면 출전을 포기했을 텐데, 그러긴 쉽지 않았다.

그날도 국립공원에 올라 자연의 기운을 흠뻑 섭취했다. 기분 탓일 테지만 그러고 나면 전신이 날아갈 듯 가벼웠다.

다만 4일이나 클럽을 손에 쥐지 않은 것은 문제였다.

"이모!"

"얼씨구! 한나절을 기다려야 겨우 만난 거야?"

"왜 그러셨어요?"

"뭘?"

"그 몸!"

"야! 뺄 거야! 운동해서 빼면 되잖아. 겨우 3kg 불은 것 가지고 너무하는 거 아냐?"

"3키로요? 그럴 리가 없는데…."

"모처럼 집에서 쉬니까 먹고 싶은 것도 많고…. 여하튼 대회개막 전까지 몸 만들 거니까 너나 잘해. 여기 와서 한 번도 훈련에 참가하지 않았다며?"

"그런가?"

"얼른 준비해서 나와. 클럽은 세팅 끝내 놨어."

시어머니가 나타났다.

싫기는커녕 짜릿할 정도로 기뻤다.

마음 한구석에서는 훈련을 재개해야 한다는 소리가 빗발쳤기 때문이다. 그녀가 오면서 1회용 캐디였던 폰도 더는 그일을 하겠다고 투정 부릴 수 없게 되었다.

누이 좋고 매부 좋은 일이었다.

그리고 한동안 보지 못한 홍 프로를 만나자 그녀의 소중함이 물씬 느껴졌다. 정도 담뿍 들었음을 인정하지 않을 수 없었다.

'하마터면 확 껴안을 뻔했어!'

'왜 이렇게 푸근하게 느껴지는 거지?'

늘씬한 미녀보다는 후덕하고 풍만한 여자에게 더 끌린다.

이십 대 초반 태주의 인생을 살아도 여성에 대한 취향은 아재에서 한 치도 변하지 않았기 때문이다.

이모라고 부르지만 실제로는 사랑스러운 여동생처럼 생각하는 게 사실이었고 가끔은 누나라고 착각할 때도 많았다.

감정을 있는 그대로 표현할 수 있어서 더 좋았다.

누가 감히 살쪘다고 구박을 할 수 있겠나!

얼마나 깐깐한 여인인데.

"뭐야? 연습 안 하고 맨날 놀러만 다녔다던데."

"맞아요. 지금 스윙이 굉장히 어색합니다."

"내 눈에는 더 좋아 보이는데?"

"이모도 쉬어서 그런가 보죠! 눈에도 살이 쪘거나!"

"이게 진짜!"

수다가 쉬질 않았다.

원래 둘 다 그런 성격은 아니다. 하지만 지켜보는 사람들
이 헛웃음을 지을 만큼 쉴 새 없이 티격태격했다.

그런데도 마치 사이좋은 오누이처럼 깔깔대는 모습에 고
개를 끄덕이는 이들이 많았다. 그렇게 좋은 호흡 덕분에 최
정상을 달리고 위기도 극복해 온 것이라고 봤던 것이다.

사실 홍 프로는 대박을 치고 있었다.

투어프로로 뛸 때보다 수입도 좋았으며 화면에 워낙 자주
비치는 바람에 의류 지원과 광고 제안까지 받았단다.

이역만리에서 고생하는 보람은 있는 것이다.

"근데 전용 비행기는 뭐야?"

"빌린 겁니다. 아니, 타라고 주더라고요."

"누가 그걸 빌려줘? 비용이 만만치 않을 텐데?"

"모르겠습니다. 마틴이나 헬렌이 그걸로 눈탱이를 치진 않
을 겁니다."

"나나 식구들은 좋지만 그래도 확인은 해 봐야지."

"헬렌이 그러던데요? 이제 돈 따위는 걱정할 수준을 넘었다고. 조금 귀찮아지긴 하겠지만 뭘 해도 돈이 될 거랍니다."

"근데 그만 가 봐야 하지 않나? 난 보스턴이 있는 동북부는 처음이거든!"

"가야죠."

벌써 금요일이었다.

US 오픈을 위해 벌써 더 컨트리 클럽에 도착한 프로들도 많을 텐데, 태주는 한가로움 그 자체였다.

오히려 홍 프로가 걱정하는 바람에 일정을 확정 짓는 상황이 연출되었다.

예정보다 오래 머문 것이 폰에게 안정감을 준 것도 사실이다. 함께 어울린 시간은 적었지만 그건 의도한 측면이 컸다.

폰이 기존 일정대로 다시 훈련을 재개하는 것은 간단한 일이 아니다. 허파에 든 바람이 빠져야 하기 때문이다.

그래도 무난하게 적응하는 것을 확인한 태주는 토요일에 출발하기로 결정하고 녀석과 함께 식사 약속을 잡았다.

"답답해?"

"아니요. 그럭저럭 지낼 만해요."

"6월 말에 다시 올게."

"뭐 하러 다시 와요?"

"여기가 편해서. 그리고 한국에 같이 가자."

"저한테 그렇게 너무 신경 쓰지 않아도 돼요."

"내가 좋아서 하는 거야. 결혼식도 올려야 하잖아."

"아! 그건 제가 빠질 수 없죠. 누군 좋겠다!"

"자식! 너도 남자친구 있잖아?"

"치! 그냥 어떤 건지 경험해 본 것뿐이에요. 애들한테는 관심 없어요."

기가 막혔지만 더 길게 끌지는 않았다.

목표가 뚜렷한 폰에게 득이 될 일이 아니었기 때문이다.

그래서 모처럼 골프에 대한 이야기들로 채웠다.

나라면 어떻게 준비했을지 그에 대한 이야기를 했는데, 주의 깊게 들어 마음이 푸근했다.

문득 아빠와 딸이었으면 도리어 이런 자리가 불편했을지도 모른다는 생각이 들기도 했다.

그런데 폰이 떠나기 전에 아침 일찍 절에 다녀오자고 했다.

장도에 오르기 전에 의례적인 행위이겠거니 했는데, 폰과 함께 방문한 절에서 마주치고 싶지 않은 상황에 직면했다.

"폰!"

"아직도 엄마한테 마음의 거부감이 있으세요?"

"미리 말을 했어야지."

"그럼 먼저 나가서 쉬고 계세요. 전 10분만 있다 나갈게요."

"밖에서 기다리마."

그 절에 아리야가 있었다.

보아하니 절에 붙어 있는 거주 시설에 사는 것 같았다.

태국의 절은 다양한 기능을 수행한다.

기쁜 일에도, 슬픈 일에도 함께하며 어려운 사람들이 먹고 거할 수 있는 시설도 갖추고 있다. 정확히 템플 스테이는 아니지만 장기간 절에 머물고 싶은 이들이 유하기도 한다.

당황스러웠다.

아리야를 다시 본다는 것보다 더 어리둥절한 것은 아직도 마음에 거부감이 있느냐고 물어본 폰의 말이었다.

'알고도 그런 말을 한 이유가 뭐지?'

'잊으라는 건가?'

'어떻게?'

입장이 다르다.

적어도 그런 입장을 이해해 줄 것이라고 생각했다.

그런데 너무도 자연스럽게 말을 하니 자신이 옹졸한 사람이 된 것 같아 씁쓸했다.

게다가 10분 있다가 나오겠다더니, 시간이 길어졌다.

함께 간 홍 프로가 더 초조한 낯빛을 보였다.

그러나 간과한 것이 있었다.

30여 분 뒤에 나온 폰의 표정이 밝은 것도 신경이 쓰였지만, 그녀가 던진 말은 쉽게 잊히지 않을 것 같았다.

"오빠는 아빠가 아니잖아!"

"뭐?"

"근데 왜 그렇게 미워해? 당사자도 아닌데! 둘 사이의 문제는 둘만 아는 거 아닌가?"

"당사자가 아니라도 옳고 그름은 판단할 수 있어."

"이럴 때 보면 영락없이 아빠야! 그렇지 않고 어떻게 그런 감정이입이 될 수가 있지?"

말하고 싶었다.

정확하게.

하지만 또 한 번 꾹 참았다. 곧 다 밝힐 수 있는 시간이 다가오고 있다고 생각했기 때문이었다.

독특한 자신의 삶을 폰도 벗어날 수 없다는 느낌을 지울 수 없었다. 다만 아직은 모든 것을 이해하고 받아들일 나이와 여건이 허락되지 않을 뿐, 녀석은 이미 그런 확신을 가진 것 같았다.

한마디면 될 것 같은데, 그게 지금은 아니었다.

유에스 오픈(THE US OPEN)은 1895년에 시작되었다.

초창기에는 US 아마추어 대회에 따라붙는 행사에 불과했다.

그 당시에는 프로가 대접을 받지 못하던 시절이기에 3일간의 아마추어 경기 뒤에 따라붙은 하루짜리 경기였다.

하지만 지금은 US 네임드 대회답게 세계 최대의 오픈 골프 대회로 거듭났다. 50년 이상이 흐른 코스에서만 개최되며 최고의 선수를 가리겠다는 취지 아래 프로, 아마추어 차별 없이 경쟁함으로써 인생역전의 장이 되기도 한다.

- 세상에서 가장 거친 골프 대회, US 오픈이 드디어 개막되었습니다!

- 하하하! 거친 대회인 것은 분명하죠. 파 세이브를 잘해야 우승할 수 있는 높은 변별력을 요구하는 대회인데, 그것도 이제 옛말이 되지 않았나요?

- 그 자존심을 회복하겠다고 코스 난이도를 더 높였습니다. 그래도 언더파가 나오겠지만 PGA 사무국이 작정하고 세팅한 코스이기 때문에 더 흥미롭습니다.

- 그런 결심을 하게 만든 선수는 따로 있지 않나요?

- 아! 그것 또한 부정할 수가 없군요. TJ KIM을 비롯한 디펜딩 챔피언 디샘보가 요주의 인물이라고 봐야 합니다.

4대 메이저 대회는 나름의 색깔이 뚜렷하다.

가장 오래된 대회로 그 전통이 화려한 디 오픈, 가장 뒤늦게 출범했지만 최강자들만 출전해 인기가 최고인 마스터즈, 태주가 우승한 PGA 챔피언십은 오로지 프로만 출전하며 자격 조건이 까다로운데도 오히려 팬들에게는 가장 인기가 낮다.

그에 비하면 US 오픈은 인생역전을 꿈꿀 수 있는 열린 대회로 상금 규모가 가장 커서 그 상징성이 높다.

무조건 출전할 수밖에 없는 입장이었다.

- 나가는 대회마다 20언더를 때려 버리지 않습니까! 골프가 이렇게 쉬운 운동이었어? 그런 생각을 하게 만들죠. 하지만 그게 그렇게 나쁜 건가요?

- 현실은 그렇지만 어느 순간부터 프로투어는 아마추어와는 달라야 한다는 인식이 잡혀서 그런 것 같습니다. 매홀 버디, 이글이 나오면 골프 본연의 재미가 떨어지는 것도 사실이죠.

- 오래된 코스들은 전장의 한계가 있는데, 결국 난이도를 높이면 정교한 샷을 하는 선수가 유리할 수밖에 없지 않나요?

- 그렇게만 볼 수는 없습니다. 이번 대회가 열리는 더 컨

트리클럽(The Country Club)은 오래된 코스임에도 전장이 매우 길고 좁아 장타와 정교함을 겸비하지 못한 선수는 이븐 파를 찍기도 어려운 게 사실입니다.

다 좋다.

장타자들이 난무하는 것이 언더파에 유리하기 때문에 메이저 대회인 이번 대회는 까다롭기로 유명한 코스를 골랐으며, 난이도를 높이기 위해 갖은 수단을 동원한 것도 좋다.

하지만 태주는 거침이 없었다.

남들보다 매사추세츠에 늦게 도착했고 연습라운드도 2번밖에 하지 않아 염려하는 이들이 많았다.

지난 대회에서도 코스 적응에 어려움을 느껴 발동이 늦게 걸렸다고 봤기 때문에 메이저 대회를 대하는 태주의 태도가 불량하다는 지적도 받았다.

그러나 장타는 장타대로, 정교함은 정교함대로, 절정의 기량을 선보인 태주는 일찌감치 앞서 나가기 시작했다.

- 와우! 굿 샷! 아웃코스 홀들이 대체적으로 쉬운 건가요?
- 그럴 리가요! 516야드 파 4인 1번 홀은 평균 타수가 4.326이 나오는 핸디캡 3번 홀이었습니다. 하지만 티샷을 345야드, 그것도 페어웨이 정중앙에 보내 버린 순간, TJ에

게는 너무도 쉬운 홀이 되어 버렸습니다.

- 네! 163야드를 피칭웨지로 툭 컨트롤하는 순간, 저건 그냥 붙겠구나 싶더라고요!

- 보는 것처럼 쉬운 샷은 아닌데, 물이 오른 것 같습니다.

- 방금 전에는 갭 웨지를 잡은 거였죠?

- 네. 456야드 홀인데, 116야드를 남겼으니 더 가까이 붙는 것은 당연해 보이기까지 했습니다.

연속 버디 쇼를 보인 태주가 201야드 파 3홀에서 때린 6번 아이언 티샷이 또다시 핀을 향해 꽂힐 듯이 날아갔다.

아무리 코스 난이도를 높여도 소용없을 것이라던 열성 팬들의 예측과 한 치도 어긋나지 않는 파이팅에 다들 고개를 절레절레 저었다.

그중에는 어이없는 표정을 감추지 못하고 있는 제이 모나한 커미셔너를 보며 배를 잡고 웃는 헬렌도 있었다.

"제가 뭐랬습니까! 아무리 고생해도 아무 소용없을 거라고 했죠?"

"나, 나쁘지 않습니다. 새로 등극한 황제의 면모를 만방에 드러내는 거니까요. 이번 대회까지 우승하면 도리어 걱정을 해야 할 판입니다."

"왜요? 너무 독무대라서 흥행에 빨간 불이 켜질까 봐요?"

"네. 뭐든 과하면 역효과가 나는 법입니다."

"지난주 대회 흥행이 어땠는지 아시면서도 그런 생각이 드나요?"

"……."

제이는 할 말을 잃었다.

메모리얼 토너먼트를 우승한 태주가 한 주 쉬었다.

캐나다 토론토에서 열리긴 했지만 총 상금 규모 870만 달러의 중형급 대회였다. 통상 메이저 대회가 열리는 전주에 열리는 대회는 상위 랭커들이 패스하는 경우가 흔하다.

하지만 유독 상위 랭커들이 대거 출전했는데도 티켓 판매는 물론 TV 시청률도 바닥을 찍었다.

그 이유는 분명했다.

황제의 부재.

태주가 없을 때 상금도 벌고 포인트도 더 쌓으려는 경향을 보였지만, 흥행이 예상에 미치지 못해 언론까지 떠들썩했다.

"너무 걱정하지 마세요. 4일 내내 절정의 기량일 수는 없잖아요. 그도 인간인데!"

"그렇겠죠?"

오르막이 있으면 내리막도 있는 법.

하지만 모든 골프 팬들이 주목하는 US 오픈 첫날의 리더보드는 그런 의구심을 품지 못하게 만들었다.

-7, 어찌 보면 데일리 베스트를 작성한 태주에게 너무도 자연스러운 스코어였지만 문제는 146명의 출전자 중에서 언더파가 단 4명만 나왔다는 거였다.

게다가 2명은 -1이었고 단독 2위는 -2로 5타나 벌어졌다.

[압도적 기량! 나 홀로 -7, 이븐파 우승을 장담한 대회조직위원회는 할 말을 잃었다]

[거침없는 장타에 매번 핀에 꽂힐 듯 정교한 아이언 샷! US 오픈마저 지존의 손아귀에?]

[장타자의 아픔? 그런 건 황제에게 무의미했다. 드라이빙 평균 비거리 344야드, 페어웨이 안착률 92.9%(13/14). 그에겐 쉬웠다. 대회경기위원회가 심혈을 기울인 코스 세팅이!]

연속 우승을 노리는 브라이슨 디샘보도 이날 장타를 유감없이 발휘했다. 하지만 그는 비교적 안전한 홀에서만 장타를 날렸는데도 9개 중에서 4개는 페어웨이를 놓쳤다.

그만큼 페어웨이가 비좁고 부담이 크다는 건데, 평균 비거리가 322야드라는 점도 아쉬운 대목이었다.

그 와중에 더 멀리 보내면서도 페어웨이를 13번이나 지킨 태주의 실력이 압도적이라고밖에는 볼 수 없었다.

태주에게 아쉬운 것은 이날도 퍼팅이었다.

"연습 그린으로 가자."

"무슨 말인지는 알겠는데, 약속이 있습니다."

"약속? 누구랑?"

"우즈요. 할 말이 있다고 연습장으로 와 달랍니다."

오늘 태주보다 먼저 경기를 끝낸 타이거 우즈는 +4로 부진했다. 2주 전 공동 8위를 기록하며 팬들의 기대감을 높였다.

본인도 스윙에 자신감이 붙었는지, 함께 연습하는 내내 활기가 넘쳤다. 태주도 좋게 봤는데, 한 주 쉬고 출전한 메이저 대회에서 샷이 흔들린 것 같았다.

나름 진단했었던 태주는 진지하게 봐줄 용의가 있었다.

그런데 그의 표정은 밝았다. 태주가 다가왔는데도 뭔가 쳐다보며 시시덕거리느라 여념이 없었다.

"뭘 그렇게 보십니까?"

"어? 왔어? 이거 좀 봐."

"뭔데요?"

"누구겠어. 폰타나지. 요즘 이걸 배운다더군."

"이건 걸 그룹 댄스 아닙니까?"

"응. 본인은 똑같다고 우기는데, 춤은 영 아닌 것 같아."

걱정이 앞서는 영상이었다.

폰은 태식을 닮아 매사에 진중하고 생각이 많은 아이다.

또한 꿈에 대한 의지가 확고해 한눈을 팔지 않는 성격이다. 그런데 최근 댄스곡에 맞춰 춤을 배울 뿐만 아니라 그걸 찍어 타이거에게 보내다니.

이걸 어떻게 받아들여야 할지 난감했다.

"코치가 과제로 냈다더군!"

"그래요?"

"내 생각에 폰이 너무 운동에만 집착해 리듬감을 익히라고 시킨 것 같아."

"나쁘지 않은 생각이네요. 잘 떠오르는 착상은 아니지만."

"그렇지? 참, 자넬 보자고 한 이유는 다른 게 아니고 엄청난 제안이 있어서야."

"엄청난 제안이라니요?"

그가 골드핸드의 리처드를 만난 이야기를 꺼냈다.

함께 식사한 것은 이틀 전인데, 호의를 보였음에도 그 당시에는 거부감이 커서 아예 생각도 하지 않았다고 말했다.

하지만 아까 클럽하우스에서 다시 만나 차를 한잔 나눴는데, 그 자리에서 상상도 하지 못할 거금을 언급했다는 것이다.

본인은 이제 은퇴를 고심하는 단계라서 불필요한 과정으로 여겨지지만, 앞날이 창창한 태주에게는 전할 내용이라고 봤던 것이다.

"아직 계약이 남은 거 알아. 하지만 해약과 관련된 모든 것도 감당한다는 조건하에 그들이 제안한 금액은…."

"형님. 전 듣고 싶지 않습니다."

"그냥 듣는 것조차 싫은가?"

"다른 건 차치하고 이건 하나만 알고 계십시오. 놈들은 저를 압박하기 위해 폰을 납치하려고 했던 놈들입니다!"

"뭐? 그게 사실인가?"

"틀림이 없는 사실입니다."

"이런 미친 새끼들이! 대체 왜 그런 쓰레기 같은 짓을 하는 건데?"

"아시지 않습니까! 지하 베팅."

타이거가 모를 리 없다.

하지만 그 심각성은 실감하지 못하고 있었다. 그래서 단칼에 잘랐는데, 폰에 대한 얘기를 듣자 불같이 화를 냈다.

성사되진 않았지만 그는 이미 폰을 자기 제자로 생각하고 있었다. 이번에 만났을 때도 은근슬쩍 그런 생각을 밝혔는데, 태주로서는 고마운 일이라 더 잘해 줄 수밖에 없었다.

시즌이 마무리되는 대로 카오야이로 간다는 말도 들었다.

"몇몇 종목에서 장난질을 친다는 말은 들었지. 하지만 골프는 가능하지 않잖아. 지난번 도핑 테스트에서 양성이 나온 선수들도 없고."

"그건 다행스러운 결과지만 전 신뢰하지 않습니다."

"그래? 그런 것도 조작할 정도로 대단한 조직인가?"

"상상도 못 할 거금을 제안했다면서요? 모든 것은 그에 합당한 가치라는 것이 있다고 생각합니다. 과하다고 생각하면 그만한 이유가 있는 거 아닐까요?"

"그야 그렇지. 킹스드래프트처럼 합리적이진 않지."

실망스러운 제안이었으나 나름 가치가 있었다.

아무 생각이 없던 타이거의 중심을 잡을 수 있었으니까.

오히려 분노까지 드러내게 되었는데, 그 기점이 폰이었다는 사실도 마음을 든든하게 했다. 적어도 그가 딸의 성공을 간절히 바라고 있다는 의미였기 때문이다.

더 가까워진 계기가 되었다.

그런데 잠시 뒤, 둘은 티격태격해 주목을 받았다.

태주가 스윙의 문제점을 지적하고 교정하는 과정에서 의견 충돌이 생겼는데, 끊임없이 나오는 이론의 깊이가 너무 깊었던 탓이었다.

"좋습니다. 하지만 제가 말한 관점을 간과하시면 안 됩니다. 현재 형님 몸이 버틸 수 있는 한계를 명확히 알고 그에 적합한 스윙이 이뤄져야 하는데…."

"알았다니까! 내 아이언은 다 봤으니까 이제 그만 그린으로 가지."

"네?"

"나도 자네에게 하고 싶은 말이 많거든!"

"으흐!"

되로 주고 말로 받았다.

태주의 원 포인트 레슨은 합리적이며 근거도 분명했다.

그러나 타이거는 쉽게 받아들이지 못했다. 그런 높은 자존
감과 고집이 있었으니 일가를 이뤘겠으나 마음과 다른 신체
컨디션을 인정하지 않는 한, 대화의 접점은 찾기 어려웠다.

일부러 받아들이지 않는 측면도 보였다. 매우 교과서적인
정석을 강조하는데, 그게 비과학적이거나 억지 주장이면 모
르겠으나 그렇지는 않았다.

다만 번지수를 잘못 찾은 것일 뿐, 지기 싫어하는 전투력
앞에 결국 유가무가가 되고 말았다.

'시키는 대로 할 거면서? 하여간!'

"자네 퍼팅할 때 눈 감지?"

"네에?"

"그렇지 않고 어떻게 그런 결과를 내느냐고!"

"흐흐. 말씀이 과하십니다."

"자. 이거 한 번 넣어 봐."

"에이…. 제가 이래 봬도 투어 5승을 거둔 프로인데…."

미치고 환장할 노릇이었다.

2, 3m 퍼팅을 자꾸 놓쳤다. 실전보다 더 심각했다.

초감각을 활성화시킨 후 태주에게는 고민이 하나 생겼다.

초감각을 골프에 적용하는 것이 매우 심한 반칙이라는 생각을 지울 수 없어 최대한 자제하려고 노력했다.

그린 위에서는 악영향이 더 컸다. 초감각을 동원하면 경사가 면밀하게 보일뿐더러 퍼팅 라인까지 눈앞에 훤히 드러난다.

하지만 학생이 마치 정답지를 보면서 시험을 치르는 것만 같아 일부러 감각을 죽이는데, 그 역효과가 만만치 않았다.

"TJ! 전에는 이러지 않았잖아! 도대체 왜 스트로크하기 전에 계속 주저하는 거지?"

"그러게 말입니다."

"자신이 없는 사람 같아. 퍼팅 입스가 얼마나 심각한 건지 자네도 알잖아. 거기까지 가기 전에 바로 잡아야 해."

"그래야죠!"

쉬운 해결책은 알고 있다.

하지만 그게 정답은 아니다.

초감각을 죽이지 않더라도 인간 본연의 감각을 적절히 사용하면 되는데, 그 경계선이 애매했다.

조절할 수 있다고 믿었다가 뜻대로 되지 않아 당황한 측면도 없지 않았고, 어렵게 만든 버디 기회를 놓친다는 불안감이 생각보다 크게 작용했다.

"차라리 아무 생각 없이 감에 맡겨 봐."

"요새 그 감이라는 놈이 그린에만 올라오면 가출하네요!"

"애써 외면하는 것은 아니고? 내 기억에 자네 퍼팅 감각은 매우 탁월했거든. 그게 왜 갑자기 안 되는지, 그게 의문이야."

"그런가요?"

타이거는 태주의 이전 퍼팅 습관도 알고 있었다.

모든 스윙이 다 좋은데, 왜 유독 퍼팅만 주눅 든 사람처럼 페이스를 잃었는지 의문을 표했다.

태주는 아직 여유가 있다고 판단했다. 경계선만 찾아내면 되니까. 적어도 남들보다 부족하진 않다고 생각했던 이전 감각을 되찾으면 되는데, 지나친 결벽증이 문제일지도.

그날 태주는 퍼팅그린에서 대부분의 시간을 보냈다. 수많은 시도를 해 봤고 어느 정도 감을 잡았다고 판단했다. 하지만 둘째 날 실전에서는 또다시 실망스러운 결과를 얻었다.

2화. 장타자라서 슬픈 상황

골드의 성이 강림했다

"왜 그렇게 인상을 박박 쓰고 그래?"

"네?"

"누가 보면 오늘 망한 줄 알겠어!"

"퍼팅은 망한 거 맞죠!"

"그래도 −3야. 오늘도 데일리 베스트라고! 퍼팅은 집착하면 할수록 더 힘들어질 수 있으니까 오늘은 아예 연습 그린에 가지도 말자."

그래도 되는지 확신이 서질 않았다.

오늘은 어제보다 평균 타수가 더 낮게 나왔다.

74.934타. 파 71코스니까 무려 +3.934가 나왔는데 이건

PGA 투어 대회 12년 만에 등장한 최악의 스코어였다.

컷에서 살아남은 공동 69위의 성적이 +8로 결정되었고 오늘 전반에만 +11을 쳐서 중간에 포기한 선수까지 나왔다.

게다가 어제 언더파를 쳤던 세 선수가 오늘은 나란히 오버파를 기록하며 합계 언더파는 오로지 태주 한 명뿐이다.

[-10 TJ KIM. 통계 사이트 우승확률 최저 72%, 최고 80%]

[2R 퍼팅 수 합계 28. 그래도 10타 차 단독 선두!]

[결국 12연승까지 가나? 아무도 그를 말릴 수 없다]

[US 아마추어 오픈인가? 프로는 오직 한 명뿐이냐는 전문가들의 날선 질책 대두!]

경쟁하지 못하는 뭇 상위 랭커들을 싸잡아 비난하는 의견까지 나왔다. 그래도 가장 눈에 띄는 것은 TJ의 우승 확률이었다.

10타 차이는 도저히 역전을 허용할 것 같지 않았다.

때문에 72% - 80%까지 분포된 높은 수치에도 지금 너희들 장난하느냐는 댓글로 도배가 되었다. 99%라고 해도 이의를 제기할 사람이 없을 것 같았기 때문이다.

하지만 이 또한 전례가 없는 기록이었다.

US 오픈과 같은 골프 축제에서 예선 라운드를 마친 결과, 이렇게 선두와의 격차가 크게 벌어진 경우는 기억에 없었다.

언제나 1, 2타 차이로 따닥따닥 붙는다. 70%가 넘는 우승 확률 따위는 본 적이 없으며 태주를 빼놓고 보면 그럴싸하지만 마치 지구인이 아닌 것 같은 위용에 할 말을 잃었다.

"너 한 명 때문에 전체 투어프로들의 수준이 하향 평준화된 것처럼 보인다는 말까지 나오고 있어."

"이상하네요. 이 코스가 그렇게 어렵나? 마치 단체로 짜고 장난이라도 치는 것 같습니다."

"얼씨구! 우승 확률이 더 높게 나오지 않은 이유가 함께 출전한 다른 프로들을 더 무시할 수가 없어서라고 하던데? 하기야 이 정도면 무시당해도 싼 거 아닌가?"

"그걸 나한테 물으면 안 되죠!"

퍼팅이 말을 듣지 않아 기분이 유쾌하지 못했다.

어제보다 더 벌어진 10타 차의 리더보드를 보면 실실 웃음이 터져야 맞는데, 그렇지가 않았다.

그래도 명색이 US 오픈인데, 이렇게 선수들이 맥을 추지 못하리라고는 생각지 못했기 때문이다.

어제 +4를 기록한 타이거가 오늘은 이븐파를 쳐 합계 +4를 기록했는데, 그의 순위가 공동 13위였다.

"헬렌. 무슨 일이죠?"

"인터뷰 요청이 빗발쳐요. 워낙 분위기가 심상치 않아서 이럴 때 나서서 몇 마디 해 주는 게 좋을 것 같아요."

"그러죠."

이젠 전담 카메라가 거의 붙어 다닌다.

숙소까지 따라붙진 않지만 연습장에 들어서는 순간부터 시작해 하루 일과를 끝내고 숙소로 돌아갈 때까지 사생활이 침해받는 느낌이 들었다.

그나마 연습장에서는 근접촬영을 할 수 없지만, 이동 간에는 영 껄끄러울 정도로 바짝 따라붙어 사람들의 시선을 끄는 역할도 했다.

유명세에 따라 피치 못할 상황이라고 봐야 하지만 고운 시선을 보내긴 힘들었다.

인터뷰에 나서기 전 잠시 헬렌과 의견을 조율했다.

"다른 선수들 얘기는 하지 않을 겁니다."

"그게 좋죠. 다만 코스 난이도에 대해서 쉽다는 말은 삼가는 게 좋을 것 같아요."

"제가 쉽다고 생각하는 건 어떻게 알았습니까?"

"그러니까 퍼팅이 엉망이라도 바로잡지 않는 거잖아요. 그래도 일부러 감각을 억누르는 것은 바람직하지 않은 것 같아요. 위험하기도 하고요."

"…그걸 느낄 수 있습니까?"

"네. 희미하나마. 방법을 찾은 거죠?"

태주는 고개만 끄덕였다.

하지만 헬렌은 더없이 화사하게 웃었다.

마치 자기에게 좋은 일이라도 생긴 것처럼.

내일 마틴이 올 것이라는 말을 했는데, 그가 오면 모든 것이 명확해질 것이라고 생각하는 것 같았다.

- 주최 측에서는 최고의 난이도로 세팅을 했다고 합니다. 그래도 굉장히 여유가 넘치는 플레이를 보여 주시는데, 그 비결이 뭐죠?

"최선을 다하고 있을 뿐입니다. 조금만 집중력을 잃어도 타수를 잃을 수 있기 때문에 집중하려고 애쓰고 있습니다."

- 36홀을 플레이하며 보기 이상이 없는 유일한 당사자인데, 코스가 어렵게 느껴지진 않나요?

"상당히 까다롭습니다. 하지만 감당이 가능한 정도라고 생각합니다. 다만, 필드에서 머리가 아플 정도로 집중을 해서인지 그린에만 올라가면 헤매네요. 내일부터는 조금 더 나은 모습을 보여 드릴 수 있도록 노력하겠습니다."

- 솔직히! 우승은 자신이 있으신 거죠?

태주는 그 어떤 대답보다 확실한 태도를 보였다.

그냥 씩 웃은 것이다.

황제의 미소라고 명명한 그 사진이 언론을 타고 퍼져나갔는데, 기대하지 않았던 특급 칭찬까지 쏟아졌다.

K-POP 아이돌도 울고 갈 미모라나?

강자의 여유라고 봐 주는 것이 더 좋을 것 같은데, 그것도 싫지 않았다. 조각 같은 외모가 프로의 가치에 보탬이 되면 되었지 손실이 될 까닭은 없기 때문이다.

"너무 조용해서 싱숭생숭합니다."

"그런가? 놈들도 나름 준비를 하는 것 같더군!"

"어떤 준비요?"

아침에 마틴 회장이 연습장으로 찾아왔다.

은퇴를 선언하고 하등 바쁠 게 없는 사람이 피곤에 쩐 모습으로 나타나 당황스러웠다. 하지만 한편으로는 의욕이 엿보이는 것 같아 나쁘게만 볼 수는 없었다.

그 이유가 새로운 적을 만났기 때문이라고 생각했다.

그 기점이 골프이며 자신과 연관되었다고 보여 마냥 웃을 수는 없지만, 잔뜩 긴장하고 있는데, 아무 일도 일어나질 않아 싱숭생숭하다는 말까지 나온 걸 보면 자신도 그와 다르지 않다는 생각도 들었다.

"팀을 꾸렸더군!"

"골프 선수들을 양성한다는 말입니까?"

"어설프게 능력만 나눠 줘서는 자네를 상대할 수 없다고 본 것 같아. 특유의 오기가 발동한 것 같기도 하고!"

"그러면…. 당분간 여유가 있겠군요."

"아무래도 그렇겠지. 잘 가르쳐도 하루 이틀에 될 일이 아니니까. 하지만 오늘 자넬 보니 걱정하지 않아도 되겠어."

"왜죠?"

"방향을 찾은 것 같아서."

희미하게 웃었다.

얼마나 효용이 있는지 몰라도 생각보다 빠르게 길을 찾았기 때문이다. 폰을 데리고 태국에 가지 않았더라면 어땠을까?

우연이 만들어낸 기연은 놀랍다고밖에 할 수 없었다.

또한 마틴의 말을 듣고 보니 살짝 긴장도 되었다.

초능력을 가진 이들이 골프를 한다면 어떤 결과가 나올지 궁금했기 때문이다. 그런데 마틴은 걱정이 없다는 투였다.

"약간의 도움이 되긴 하겠지. 하지만 아무리 신묘한 능력을 가져도 세계 정상을 노리긴 어려울 걸세."

"왜 그렇게 생각하십니까?"

"역사가 말해 주거든. 그들이 주인공이 된 적은 한 번도 없었어. 다만 일을 복잡하게 만들고 영웅을 망가뜨린 경우는 왕왕 있지만."

"인간의 의지가 더 대단하다는 겁니까?"

"맞아. 그게 본질이지. 이 땅의 진정한 주인은 인간이니까."

납득하기 어려웠다.

당장 자신의 경우만 봐도 초감각을 활용하면 더 완벽한 라운드가 가능했다. 감히 누가 견줄 수 있겠나 싶었다.

그러나 간과하면 안 되는 것이 있었다.

그건 바로 불굴의 의지와 노력이다.

초월적인 힘을 가진 이들이 과연 자신이 그랬던 것처럼 죽음의 한계를 넘나들며 능력을 개발할 수 있겠냐는 것이다.

또한 정점의 승부에서는 능력보다 중요한 것이 의지다.

물론 두고 봐야 할 문제지만 마틴은 평온했으며 그들의 동향을 살펴 알려 주겠다는 말을 남겼다.

그리고 이어진 결선 첫 라운드, 마틴과 대화하며 생각했던 것들이 현실로 드러나고 말았다.

"어? 왜 저렇게 감기지?"

"숲까지 안 들어가면 다행일 것 같습니다!"

첫 홀 티샷이 곧장 뻗지 않고 감기는 순간부터 이상했다.

나 홀로 -10이며 퍼팅 감각을 잡아야 한다는 다부진 각오로 티그라운드에 섰을 때만 해도 지난 이틀과 다르지 않았다.

자신 있게 휘둘렀는데, 쭉쭉 날아가던 타구가 훅이 걸리는 것을 보면서 깨달았다. 스윙 궤적이 플랫하게 갔다는 것을.

그래도 타구에 걸린 스핀이 많지 않을 것이라고 생각했는데, 그건 착각이자 오만이었다.

"으윽! 헤비 러프야!"

"다행이네요. OB가 아니라서!"

"도나 개나 거기서 거기 같은데?"

"크! 그래도 러프가 낫죠!"

최고점을 찍은 순간부터 급격하게 휜 공은 세미 러프도 아닌 헤비 러프 깊은 곳에 떨어지고야 말았다.

단지 실수는 그것뿐이었다.

하지만 실수를 커버하는 것은 결코 용이하지 않았다. 남은 거리가 178야드에 불과했지만 그린에 올리는 것은 포기했다.

과욕을 부리기 전에 질긴 러프에 파묻힌 공을 정확히 때려내는 것이 우선이라는 생각이 들었기 때문이었다.

결국 3번에 그린에 올렸으나 4m 퍼팅을 놓치며 대회 첫 보기를 기록하고야 말았다.

"어허? 이번에는 밀리는데?"

"아까 너무 플랫하게 친 것 같아 업라이트하게 휘둘렀는데 몸통 회전이 조금 빨랐나 봅니다."

"악성 슬라이스처럼 보여. 장타자라서 슬픈 상황이네."

같은 구질이라도 310야드 안팎이라면 헤비 러프까지 기어

들어 가진 않았을 것이다. 하지만 30, 40야드를 더 보내는 차이가 만들어 낸 결과는 참혹했다.

왜 프로들이 장타를 꺼리는지 단적으로 보여 준 셈이었다. 악성 훅에 이은 슬라이스 티샷, 그나마 2번 홀에서는 세컨샷을 그린 가까이에 보내 3온 1퍼팅 파로 막아냈다.

단 두 개 홀을 끝냈을 뿐인데, 지난 이틀 18홀을 다 돌았을 때보다 더 피곤했다.

그래도 3번 홀은 200야드 파3 홀로 버디와 파를 기록했던 반가운 홀이었기 때문에 분위기 전환을 노렸다.

하지만 6번 아이언 샷이 그린을 확 오버하고 말았다.

"너무 잘 맞아서 그런 것 같아!"

"컨트롤 샷을 해야 하는 상황이었습니다. 왜? 대체 왜! 풀 샷을 때리듯 휘둘렀는지…. 제가 너무 교만했었나 봅니다."

"무슨 소리야. 이제 겨우 세 번째 홀인데!"

"똑같은 마음가짐과 똑같은 집중력으로 임하는데, 샷 결과는 다르잖아요!"

"침착하게 가자. 오늘은 그저 컨디션이 좀 안 좋을 뿐이야!"

모든 것이 완벽하다고 느끼고 있었다.

퍼팅이 말썽을 부렸지만 그건 극복 가능한 과제 정도로 여겼다. 장타도, 정확한 샷도 자신에게는 아무런 장애가 되지 않는다고 믿었는데, 갑자기 스윙을 하는 것이 부담스러웠다.

두려움을 느끼는 순간, 코스 세팅이 어려워 보이기 시작했고 그 타이밍이 공교롭게도 자신감을 피력한 다음 날이었다.

최선을 다했다.

티샷 컨트롤이 용이하지 않다고 판단한 태주는 드라이브 대신 3번 우드와 19도 유틸리티를 잡기 시작했고 그럼에도 불구하고 스윙 플레인에 맞지 않는 타구가 튀어나왔다.

- 우후! 이번 샷은 짧군요! TJ가 오버파를 기록한 라운드가 있었나요?

- 제 기억에는 없습니다. 그런데 저는 왜 지금 이런 모습이 더 보기가 좋은지 모르겠습니다. 인간적이라고나 할까요?

- 인간은 누구나 실수를 하게 마련이죠. 그 실수를 줄이고 인간답지 않은 일관성과 정교함을 보여 왔는데, 지금까지 TJ KIM이 워낙 괴물 같은 모습을 보여 주긴 했죠.

- 그럼에도 불구하고 우승하지 못할 것이라는 생각은 조금도 들지 않습니다. 다만, 스윙 리듬이 깨지지 않을까 그게 염려됩니다.

- 어떻게든 해내겠죠. 남들 같으면 무조건 포기할 부상을 입고도 끝내 결과를 만들었던 무지막지한 인간 아닙니까!

팬들도 태주의 우승에 대해 한 치도 의심하지 않았다.

그 정교하던 드라이브가 말썽을 부려 우드나 유틸리티를 잡았고 때론 3번 아이언까지 동원했지만 그래도 레귤러 온이 가능한 절대 지존이라고 믿어 의심치 않았기 때문이다.

오히려 오늘 타수를 좀 잃어 최종 라운드에서 불꽃 튀는 승부를 이어 주기를 바라는 팬들도 적지 않았다.

15번 홀에서 세컨샷이 짧아 칩샷으로 붙이려고 시도했다. 그런데 어이없는 생크(Shank- 볼이 클럽샤프트의 목 부분에 맞아 형편없이 우측으로 튀어나가는 미스 샷)가 나왔는데, 아쉬워하는 팬들은 없었고 되레 웃음소리가 터졌다.

"이런 쓸펄!"

"진정해. 너답지 않게 왜 그래?"

"지금 이게 웃을 일입니까?"

"너니까 웃을 수 있는 거 아닐까? 다른 선수라면 저러지 않았을 거야. 무슨 뜻인지 알잖아?"

"알아요. 알지만 짜증이 터지는 걸 어쩝니까!"

지난 이틀도 기록적인 날이었다.

그런데 오늘도 나름 기록을 세운 셈이었다.

보기만 6개를 기록했고 버디는 2개뿐이었다.

더블보기가 나오지 않은 것을 감사해야 할 내용이었지만 +4를 기록한 태주는 참으로 길고 험난한 하루였다.

그래도 쉴 새 없이 들려오는 팬들의 격려 어린 박수가 감사했지만, 마주 보고 웃어 줄 수가 없었다.

"참 묘해? 골프라는 게."

"왜요?"

"네가 해매니까 언더파가 11명이나 나왔잖아. 브라이슨 디섐보는 오늘 -4를 쳤대!"

"그래봐야 합계 +2이잖아요. 상위권이 문제죠."

"샤워부터 하고 나와. 오늘은 할 일이 많을 것 같아."

10타 차였던 2위와의 격차가 4타 차로 바뀌었다.

겨우 본선에 턱걸이한 디섐보는 생각할 필요도 없었다. 공동 2위 셋 중에 존람과 켑카의 이름이 보여 신경 쓰였다.

이미 함께 라운드를 해 봤던 터라 두렵진 않지만, 그들이 어떻든 자신의 스윙이 온전하지 않다는 것이 더 큰 문제였다.

이런 저런 일이 많았지만 오늘 같은 경우는 없었다.

외부적인 요인이 아닌 자신의 스윙 리듬이 흔들려 헤맸던 적은 없는데, 그게 심리적인 악영향까지 미칠 줄은 몰랐다.

찬물로 뜨거워진 심신을 식혔지만 개운하진 않았다.

"회장님이 연락을 주셨습니다."

"아버지가요?"

"네. 많이 걱정스러우셨던 모양입니다. 가능하면 전화 한

통 달라고 하셨습니다."

"연결해 주세요."

웬만해선 연락할 사람이 아니다.

누구보다 전폭적인 신뢰를 보였던 사람인데, 그가 위기감을 느꼈다는 것은 그만큼 오늘 플레이가 엉망이었다는 뜻이다.

부자 관계를 떠나 친구로서 경험했던 상도는 때를 잘 만났다면 PGA도 호령했을 천부적인 재능을 지닌 프로였다.

때문에 그의 의견을 경청하는 것에 대한 부담은 없었다. 오히려 그가 있음으로써 든든하다는 느낌을 가지고 통화했다.

그런데 첫 마디부터 기대가 어긋났다.

"신경 쓰지 말고 하루 푹 쉬어!"

"그럴 상황이 아닙니다. 오늘 보셨을 거 아닙니까?"

"봤지. 나도 그런 적이 있었어. 95년 한국 오픈이었던가?"

"아! 그 대회…."

"네가 그걸 어떻게 알아?"

"선생님한테 들었습니다. 그때 아저씨가 백을 멨다면서요?"

"그래. 그때 생각하면 지금도 아찔해."

태주도 그날의 기억이 생생하게 떠올랐다.

만 25세에 불과했으나 상도는 이미 KPGA를 호령하는 위치에 서 있었다. 누굴 만나도 두렵지 않던 절정기였는데, 예선을 마친 상도는 7타 차 단독 선두였다.

2라운드를 마치고 상도는 태식과 함께 여느 때처럼 연습장에서 놀았다. 그때는 그게 당연한 일상이었다.

그런데 저녁 식사 때 돼지갈비를 먹으며 반주로 한잔 걸친게 문제였다. 혈기왕성했던 둘은 소주 한 병을 나눠 마시는 정도는 혈액 순환에 좋다며 호기를 부렸다.

그런데 마귀가 등장했다.

"김상도 프로 아닙니까!"

"아이고 사장님. 그게 뭡니까?"

"이건 제가 오랫동안 묵혀 뒀던 보물입니다. 김 프로가 아니었다면 절대 따지 않았을 건데, 오늘이 드디어 임자를 만난 것 같습니다. 하하하!"

식당 주인이 소주 대신 내놓은 것은 자신이 직접 담근 뱀술이었다. 얼마나 오래 묵혔는지 1m는 족히 되었을 독사가 허옇게 변해 있었다.

남자에게 이보다 좋은 것은 없다는 말에 혹해 더도 말고 딱 한 잔씩만 마시기로 했다.

두 잔씩 마신 것이 문제가 아니었다. 술에 강한 태식과는 달리 다음 날 아침 상도는 제때 일어나질 못했다.

아무런 외상이나 증상은 나타나지 않았지만 무기력하다며 연습도 제킨 상도는 그날 인생 최악의 하루를 보냈다.

"7오버를 쳤었어!"

"뱀독이었다고 들었습니다."

"미쳤었지. 그런 중독 상태로 라운드를 마쳤으니까. 태식이가 없었다면 난 그때 포기하고 병원으로 달려갔을 거야."

"포기하는 게 맞죠. 둘 다 제정신이 아니었다고 얘기하셨습니다."

"태식이는 그렇게 말할 수도 있지. 하지만 당시에는 그 녀석이 더 강경했어. 포기하지 말라고 날 노려보던 그 눈빛, 지금도 난 잊히지가 않아."

"그게 지금 제 상황과 무슨 상관이 있습니까?"

"신경독인 것 같아. 네 상태가."

"네에?"

깜짝 놀랐다.

꽤나 설득력이 있는 주장이었기 때문이다.

그렇다면 병원부터 가야 하는데, 왜 쉬라고 했는지 물었다.

그런데 돌아온 대답은 간단했다.

"그때처럼 심각한 건 아닌 것 같아. 넌 아무런 통증도 느껴지지 않는 거잖아?"

"그렇긴 해요."

"오늘은 식사 조심하고 외부인과 접촉하지 않는 게 좋을 것 같아. 네 체력이라면 하루만 쉬면 내일은 거뜬할 게다!"

"확인해 보겠습니다."

"네 스스로 네 탓을 하지 마. 몸에 밴 네 스윙 리듬에 대해 의심하지도 말고."

"무슨 말씀이신지 알겠습니다. 이 문제에 대해 확실하게 짚을 사람이 있으니까 상의하고 처리하겠습니다."

스스로 탓하지 말라는 말이 가슴에 와 닿았다.

따지고 보니 그게 중요했다.

어찌 보면 아주 간단한 문제일 수 있다.

샷 몇 번 어그러지자 그다음부터는 스스로 함정에 기어들어 간 셈이었다. 그만큼 골프는 민감한 운동이다.

누군가 약간의 압력을 가했을 뿐인데, 당황한 순간부터 평정심이 깨졌고 자신감이 급감했었다.

모든 문제는 자신에게 있다고 믿었기 때문에 더 힘들었다.

하지만 사실 여부를 떠나 외부적인 요인이 작용했을지도 모른다는 말 한마디에 가슴이 따스해지는 경험을 했다.

'우린 그때 술독은 술로 풀어야 한다고 우겼지!'

'지금 생각해 보면 미쳤던 거야. 하지만 결과는 좋았잖아!'

어이가 없는 대처였다.

포기하지 말자고 우겼던 태식은 라운드가 끝나자마자 병원부터 가자고 했다. 그런데 상도가 극구 반대했다.

의사가 경기를 포기하라고 권할까 두려웠기 때문이었다. 그 생각을 읽은 태식이 약국에 달려갔는데, 약사가 무심코 건넨 한마디가 그 어떤 약보다 강력한 작용을 했다.

술독은 술로 풀어야 한다나?

젊은 친구들이 왜 자꾸 약 기운을 자꾸 빌리려 하냐는 말에 태식은 구입한 약은 버려 두고 고량주 한 병을 땄다.

'뱀독이 하루 만에 사라지진 않았을 텐데…. 플라시보 효과였을 거야!'

역전을 허용해 3타 차 공동 3위로 최종 라운드에 나섰다.

몸 상태가 온전하지 않았지만, 그날 상도는 자신이 얼마나 독하고 질긴 인간인지 유감없이 보여 줬다.

동반자들이 하늘 같은 선배였고 미스 샷도 많았는데, 술이 덜 깬 상태인 것을 들키지 않기 위해 계속 껌을 씹었다.

건방지다는 질책을 받았지만 요즘 입 냄새가 심하기 때문에 봐 달라고 넉살을 부린 사람은 태식이었다.

험한 말까지 들었지만 악착같이 리커버리를 하며 추격의 끈을 놓지 않았다. 그리고 후반 들어 술이 깬 상도는 펄펄 날아 어려운 승부를 플레이오프까지 끌고 갔다.

'우리 그날 밤, 우승컵에 술을 부어 나눠 마시고 곯아떨어

졌는데!'

'그때에 비하면 지금은 양반이지!'

추억은 아름답다고들 말한다.

사람의 뇌가 아름다운 것만 기억하는 경향을 보이기 때문이다. 그래도 추억을 곱씹게 되자 온몸에 소름이 돋았고 마음이 편안해졌다.

그런 험악한 날도 겪었는데, 지금 이런 날은 아무것도 아니라는 생각이 들었기 때문이었다.

태식은 나중에 그 식당을 다시 찾아갔었다. 그리고 비열한 음모의 전모를 알게 되었다.

뱀술을 건넸던 사람은 식당 사장이 아니었다. 상도라면 치를 떨던 선배의 아버지가 빅엿을 먹였던 것이다.

세상 참 무섭다는 생각을 했지만 상도에게는 알리지 않았다. 그 당시 상도는 물불을 가리지 않는 성격이었기에 그저 법에 호소하지 않을 것 같았기 때문이었다.

"임 팀장님. 오늘 라운드 나가기 전에 먹었던 음식에 대해 추적 좀 해 주십시오."

"샌드위치 말입니까?"

"네. 같이 먹었던 음료수, 그리고 라운드 나가서 먹은 바나나와 견과류, 전부 다 조사할 필요가 있습니다."

"아! 즉시 조치하겠습니다."

헬렌과 상의하려고 했었다.

하지만 태주는 임 팀장과 먼저 상의했다. 그것들이 모두 에이전시 지원팀에서 협력한 내용물이었기 때문이다.

추측이 확인될 가능성은 희박하다.

증거를 남기지 않도록 조치했을 테니까.

그래도 확인하려는 노력은 필요하다고 판단했다. 그래야 동일한 수작을 차단할 수 있다고 생각한 것이다.

그리고 태주는 상도의 추천대로 연습장에 향하지 않고 숙소로 돌아와 휴식을 취했다.

'초감각이 내 상태를 체크해 낼지도 모르니까!'

"뭐 하나?"

"그냥 푹 쉬려고요."

"낮잠을 잔다고? 네가?"

"아니요. 저녁 먹기 전까지 단전호흡이라도 하려고요."

"크! 열심히 하세요."

단전호흡?

그럴싸했지만 그건 아니었다.

침실로 들어선 태주는 창문을 활짝 열고 시원한 바람을 들이마시면서 의자에 편안하게 앉았다.

확신할 수 없는 자신의 비정상 상태를 과연 초감각이 잡아 낼 수 있을지 궁금했다.

의식하는 순간, 전신의 솜털이 모두 곤두서는 것과 같은 날선 감각이 전신을 휘어 감았다. 이전보다 더 자연스럽고 강렬한 느낌이 솟구쳐 섬뜩할 정도였다.

'흔적이 느껴져!'

'통제할 수 없었던 무기력한 감각…. 이게 그건가?'

'아닐지도 모른다는 게 문제네.'

'그냥 쉬는 게 낫겠어.'

결론을 내리기 어려웠다.

진즉에 살펴봤어야 하는데, 그때는 생각도 못 했다.

컨디션이 정상이 아닐 때, 곧바로 점검해 봐야 한다는 사실을 확인한 것으로 만족해야 했다.

뒤늦은 대처가 아쉽지만 이렇게 또 하나 배운 셈이었다.

또한 하나 더 확인된 것이 있는데, 시도 때도 없이 초감각을 일깨우면 몹시 피곤해진다는 점이었다.

안 그래도 지친 하루였는데, 녹초가 되고 말았다.

"보스!"

임 팀장이 보고하러 침실 문을 두드렸다.

하지만 깜빡 잠이 든 태주는 그 소리는 듣지 못했다.

느낌이 좋지 않았던 임 팀장이 소리쳐 부르는 소리에 정신을 차린 태주가 문을 열어 줬다.

조금만 더 지체했다면 문을 부수고 들어올 기세였던 임 팀장이 안도의 한숨을 내쉬는 것을 보며 상황을 파악했다.

"미안합니다. 제가 깜빡 잠이 들었나 봅니다."

"주무시는 게 좋습니다."

"결과가 나왔습니까?"

"네. 섭취하신 음식에서 GHB 성분이 발견되었습니다."

"그게 뭔데요?"

"'감마하이드록시낙산'이라는 것으로 흔히 우리나라에서는 물뽕이라고 불립니다. 무색, 무미, 무취의 신경억제제로 성범죄에 활용된 사례가 많습니다."

"아! 컨트롤이 힘들었던 게 그 영향이었군요."

"멀쩡하게 라운드를 마친 게 신기한 일이랍니다."

깜짝 놀랄 사실이 확인되었으나 오히려 마음이 편안했다.

아무 이유도 없이 샷이 흔들렸다면 문제가 심각하지만, 원인이 있다면 걱정할 일이 아니었기 때문이다.

보통 사람은 근육이 이완되어 정상적인 활동이 불가능한 함량이라고 했다. 강한 흥분을 느끼거나 환각 증상까지 보일 수 있는데, 고도의 집중력이 요구되는 18홀 라운드를 마쳤다.

마약 성분도 이겨 낼 강한 체력과 자연스럽게 발동된 초감각이 도움을 줬다고 볼 수밖에 없었다.

문제는 수작질을 부린 자를 찾지 못했다는 것이다.

"결과는 있는데, 범인은 없다는 건가요?"

"안나가 몹시 화가 나 샅샅이 뒤진다고 했으니 시간이 걸리더라도 잡을 수 있을 겁니다."

"중요한 것은 같은 일이 반복되지 말아야 한다는 거죠."

"그래서 추후 보스의 식사는 확실하게 체크하겠다고 합니다. 조용히 처리하려고 했는데, 헬렌이 이미 알아채고 움직여 협조하지 않을 수 없었습니다."

"잘하셨습니다. 이번까지는 어쩔 수 없고 한국을 다녀온 뒤로는 고모님이 합류하셔서 직접 조리를 해 주실 테니 내일만 신경 쓰시면 될 겁니다."

범인을 찾고 조치하는 것에는 신경 쓰지 않기로 했다.

같은 일이 반복되지 않는 것이 중요할 뿐, 헬렌이 알아서 처리할 것이기 때문이다.

신경억제제 중화를 위한 진료와 처치가 필요하다는 의견이 있었으나 괜찮다고 말한 태주는 그냥 푹 자기로 했다.

상도가 염려한 것과 다르지 않은 결과가 나온 셈인데, TV로 보고도 정확히 맞춘 것을 보면 역시 경험과 관심의 힘은 대단하다는 생각을 지울 수 없었다.

* * *

"콜린 마사토. 저 친구는 일본 선수입니까?"

"일본계 미국인으로 조기 골프 유학을 온 케이스입니다. 현재 PGA 3승 포함 통산 5승을 거둔 유망주로 평가받습니다."

"1997년생이면 이제 겨우 26살인데, 대단하군요."

태주가 할 소리는 아니었다.

아직 몇 달 더 지나야 23살이 되는데, 아재 느낌이 흘렀다.

-2, 공동 2위에 3명이 포진했다.

최종 라운드 챔피언 조에 존람과 브룩스 켑카가 합류할 줄 알았는데, 뜻밖의 선수가 포함되었다는 소식을 들었다.

이름도 생소한 선수였는데, 하필 눈에 띄는 곳에서 연습하고 있었다. 175.3cm에 73kg의 비교적 작은 체격을 지닌 선수인데, 그 체격에서 매우 폭발력 넘치는 스윙을 하고 있었다.

태주가 관심을 보이자 임 팀장이 그에 대한 정보를 줄줄 풀어냈다.

"드라이빙 평균 비거리가 300야드 안팎인 것이 단점이며 샌드 세이브 비율이 43%로 매우 취약합니다."

"그런데도 세계 랭킹 8위라면 샷이 매우 정교하다는 거군요. 그런데 아무리 봐도 비거리 통계가 이상한 것 같습니다."

"네. 전문가들도 그게 의문이라고 말하는데, 그는 이번 대회에서 20야드 이상을 더 보내고 있습니다. 아무래도…."

"오늘 같이 플레이를 해 보면 알겠지요."

초감각을 끌어올려 스캔을 해 봤다.

그런데 이전에 뮐러나 애런에게서 느껴지던 침침한 기운은 감지되지 않았다. 자신이 과민한 반응을 보이는 것일 수도 있어 이내 자제했다.

그런데 너무 쳐다봤기 때문일까?

눈이 마주친 마사토가 씩 웃으며 손을 흔들어 보였다.

태주가 아는 일본인답지 않은 태도였다.

가까이 대하면 살살거리긴 해도 안면이 없는 사람에게는 강한 척하는 습성을 보이는데, 조기 유학의 힘인 것 같았다.

"만만치 않겠어!"

"누구? 저 작달막한 애?"

"네. 오늘 함께 플레이할 콜린 마사토라는 친구입니다. 스윙 좀 보세요. 집중력도 좋고 스윙이 아주 리드미컬합니다."

"그렇긴 하네. 일본 애들 스윙도 이제 드디어 섬나라를 벗어난 건가?"

"흐흐. 그렇게 무시할 선수가 아닌 건 분명합니다."

JLPGA를 뛰어 봤고 우승도 경험한 홍 프로는 대개의 한국선수들이 그렇듯, 일본을 한 수 아래로 보는 경향이 강했다.

불과 20여 년 전만 해도 어림도 없는 일이었다.

아시아에서 골프를 가장 먼저 받아들이고 흥행에 성공한 일본은 골프 투어가 활성화되면서 수많은 스타를 배출했다.

하지만 뒤늦게 출발하고도 일본 투어를 씹어 먹게 된 한국 선수들은, 특히 여자 프로들은 JLPGA를 돈 벌기 좋은 무대 정도로 여기는 경향까지 보였다.

인구수와 골프 역사로 비춰보면 일본 입장에서는 울화가 치밀 현상이라고 봐도 무방했다. 그런데 한국에서 또다시 초대형 스타가 배출되었으니 죽을 맛일 것이다.

"안녕하십니까?"

"아! 반갑습니다. 마사토."

"콜린이라고 불러주십시오. 함께 라운드를 하게 되어 영광입니다."

"무슨 그런 말씀을! 오늘 함께 즐겁게 칩시다."

"그러시죠. 한 수 배우겠습니다."

먼저 와 기다리고 있던 마사토는 더없이 친절했다.

본시 일본인들이 사람을 마주하면 살살거리는 것은 알고 있는데, 과하지 않은 당당한 태도가 보기 좋았다.

실력 고하를 떠나 썩 괜찮은 인간이라는 느낌을 받았다.

그런데 뒤늦게 도착한 존람은 인사부터 껄끄러웠다. 한 번 호되게 당한 적이 있지만 그건 본인 스스로의 문제일 뿐, 방해한 적도 없는데 애써 외면하는 느낌을 받았다.

"왜 저러는 걸까요?"

"세계랭킹 1위 자리를 새파란 너한테 뺏겨서 그런가?"

"제가 볼 때는 제 샷에 영향을 받지 않고 자기 플레이에만 집중하려는 의지로 읽힙니다."

"흐의! 그게 말처럼 쉽나? 우승을 노린다면 차라리 공격적인 자세로 임하는 게 낫지."

"판단은 각자의 몫이죠. 저도 신경 쓰지 않으면 그만입니다."

-6 TJ KIM
-2 존람, 켑카, 콜린 마사토
-1 다니엘 버거 외 3명

3라운드에서 주춤한 사이 언더파에 7명이 추가되었다.

그래 봐야 -2, -1로 도토리 키 재기를 하고 있지만 태주도 어제 4타나 잃어 -6이었기 때문에 방심할 상황은 아니었다.

어제 뜻하지 않은 사건을 겪은 터라 오늘은 무얼 먹든 거북했다. 그래도 배부른 것보다는 몸이 가벼운 게 좋아 살짝

허기를 느끼는 상태로 라운드에 임했다.

- 와우! 하루 만에 다시 황제 모드로 돌아온 건가요?

- 좀 더 지켜봐야죠. 어젠 정말 이상했습니다. 본인도 수차례 고개를 절레절레 저었었죠. 컨디션이 최악이었나 봅니다.

- 혹시 스윙 메커니즘이 깨진 것은 아닌지 염려했는데, 첫홀 티샷을 보니 그런 의심이 말끔히 가시네요!

- 그래도 매우 조심스럽게 때린 것 같습니다. 336야드가 나온 걸 보면. 하지만 특유의 스트레이트 구질이 시원시원하게 나오는 걸 보면 슬슬 발동을 걸려는 것 같습니다.

- 그런데 콜린의 상승세가 놀랍지 않나요? 지난 두 시즌 동안 무섭게 치고 올라오더니, 올해는 기대에 미치지 못하지 않았습니까?

- 4주를 쉬면서 샷을 가다듬은 것 같습니다. 이번 대회도 첫날 +1, 둘째 날 이븐파로 선전하더니 어제는 급기야 -3을 치면서 상승세를 탔기 때문에 TJ도 부담될 겁니다.

- 에이! 그럴 리가요!

캐스터 프랭크는 가볍게 웃어 줬다.

마사토의 팬 입장에서는 화가 날 태도였으나 그게 태주의 현주소였다.

황제라지 않은가?

그 찬사에 대해 왈가왈부하는 이가 없었다.

말이 쉬워 11연승이지, 루키가 데뷔 후에 출전한 모든 대회를 휩쓴다는 것은 드라마에서나 가능할 법한 뜬금없는 스토리였기 때문이다.

"오호! 제법이네!"

"자신감이 엿보입니다. 존람보다 나은데요?"

"그러게. 세컨샷을 보면 알겠지."

존람은 태주에게 지지 않으려고 힘차게 때렸다. 그래도 거리는 325야드, 페어웨이까지 놓쳐 세미 러프에 빠졌다.

하지만 세 번째로 올라선 마사토는 야무지다는 느낌이 물씬 풍기는 스윙을 보여 줬고 결과가 태주와 대동소이했다.

517야드 파4 홀에서 둘 다 183야드 안팎을 남긴 것이다.

러프에 빠뜨린 존람은 2온에 실패했으나 비슷한 지점에 떨어진 태주와 마사토는 2온이 충분한 위치였다.

누가 먼저 샷을 하느냐가 관건인데, 그가 먼저 나섰다.

"TJ. 제가 먼저 치겠습니다."

"그러시죠!"

먼저 치는 것이 좋을 때도 있다.

굿 샷이 나오면 뒤에 치는 선수의 부담은 가중되니까.

하지만 지금처럼 첫 홀이며 아직 바람의 방향과 세기를 파악하지 못했을 때는 먼저 치고 싶은 선수가 없다.

그런데 그가 통 크게 먼저 나서는 바람에 태주는 편안한 마음으로 상황을 지켜볼 수 있었다.

"붙일 자신이 있다는 건가?"

"배려라고 봐야죠."

"그렇게 봐야 하는 건 아는데…."

쟤는 밉상 일본인이잖아!

홍 프로는 그 말을 하고 싶어 하는 눈치였다.

마사토에 대한 시각이 서로 다르다는 건데, US 오픈 최종 라운드 챔피언 조에 동양 선수 둘이 포함된 사실은 뿌듯했다.

다양한 스포츠 종목에서 동양인은 한계가 뚜렷하다는 편견이 있는데, 골프도 그런 경향이 강한 종목이다.

한국 여자 골프가 LPGA를 평정하면서 편견을 깨긴 했지만 그래도 남자 골프는 서양인들의 전유물인 양 생각하는 경향이 두드러졌는데, 시대가 달라졌음을 보여 주는 것만 같았다.

"나이스 샷!"

"헐! 그런 말이 나와?"

"3m 정도 되는 거죠?"

"응. 더 바짝 붙여야 해!"

"해보죠!"

묘한 경쟁심이 발동했다.

홍 프로는 그렇다 쳐도 태주는 휩쓸리지 말아야 하는데, 좋은 플레이를 하고자 하는 것이 틀리지 않기에 기꺼이 경쟁해 보기로 했다.

8번 아이언을 잡은 태주는 가볍게 빈 스윙을 하면서 에이밍을 끝냈고 곧바로 어드레스에 들어가 과감한 샷을 때렸다.

- 와우! 엄청난 탄도로군요!
- 이것저것 보지 않고 깃대를 바로 노린 샷입니다. 저 정도의 탄도라면 백스핀도 걸릴 것 같습니다.
- 얼마나 높이 떴는지 공이 떨어질 생각을 하지 않네요!
- 아침에 출발한 선수들은 북대서양에서 불어오는 바람의 영향을 받아 꽤 고생했는데, 지금은 바람 한 점 없습니다. 그런 상황을 감안한 매우 영리한 샷으로 판단됩니다.
- 오후에는 다시 바람이 강해진다고 하던데, 그게 우승의 향방에 영향을 미칠까요?
- TJ는 그 어떤 선수보다 현명한 경기 운영을 펼치는 프로입니다. 22살이라는 나이가 믿기지 않을 정도로. 때문에 악조건은 그에게 오히려 더 유리하다고 보는 게 합리적입니다!

"커!"

"걱정 마세요. 스핀이 걸릴 겁니다!"

"오케이! 백스핀!"

한 폭의 그림 같은 샷이었다.

창공에 높이 떠오를 때만 해도 불안했으나 타구는 정확히 깃대를 향했다. 하지만 생각보다 길게 떨어지자 팬들은 물론 홍 프로도 기함했다.

그러나 태주가 장담한 대로 거의 제자리에서 크게 바운드가 된 공은 두 번째 바운드 뒤에 누가 잡아끈 것처럼 쭉 빨려왔다.

"인 더 홀!"

"좌측으로 빠질 겁니다. 바람이 전혀 없는 줄 알았는데, 훅이 좀 먹었어요."

"아닌 것 같은데…"

아닌 것 같다는 홍 프로의 바람도 무색하게 실제 타구가 홀컵 좌측 두 컵 지점을 통과했다. 적지 않은 거리지만 그 샷을 지켜보던 팬들은 소름이 돋았다.

그들 눈에는 그저 운이 따르지 않았을 뿐, 정말 샷 이글이 터질 뻔한 기가 막힌 세컨샷이었기 때문이다.

더도 말고 딱 절반 지점이었다.

마사토가 친 공과 홀컵 사이 중간 지점에 멈췄다.

"정말 대단합니다!"

"괜찮았습니까?"

"네. 바람까지 감안해 최적의 샷을 시도한 점, 배울 만하다고 생각합니다."

"흐흐…."

웬만하면 칭찬하지 않는다.

자신도 그런 샷을 때릴 수 있다고 생각하기 때문이다.

다만 오늘 컨디션이 안 좋을 뿐.

그런데 마사토는 기꺼이 찬사를 아끼지 않았다.

그쯤 되자 곱지 않은 시선을 보내던 홍 프로도 씩 웃었다.

"역시 실력 앞에는 장사가 없나 봐."

"겸손한 성격이라고 봐야죠."

"귀엽게 생겼네!"

웃을 수밖에 없었다.

보는 시각에 따라 외모마저 달리 보인다는 말이었기 때문이다. 둘이 훈훈한 모습을 보이자 존람의 얼굴은 더 딱딱하게 굳었다.

왕따를 시킨다고 느껴졌던 것이다.

그래도 26야드 칩샷을 잘 붙여 파 세이브를 해야 하는데, 살짝 뒤땅이 나면서 짧았다.

"저렇게 인상을 쓰면서 샷을 하니까 그렇지!"

"쉿! 째려보고 있어요."

"흥! 지가 어쩔 건데! 누가 뭐라고 했냐고. 지 스스로 우울 모드로 들어가 헤매고 있는 거잖아."

"그래도 존중하는 모습을 보이는 게 좋습니다."

"그건 그렇지! 우린 지존 팀이니까!"

"크! 남들이 그렇게 부르는 건 어쩔 수 없지만 우리 스스로 그렇게 말하는 것은 낯간지럽습니다."

"뭐 어때! 사실인데!"

홍 프로의 자부심은 대단했다.

하기야 12연승에 도전 중이며 이번 대회도 우승의 9부 능선을 넘었다는 말을 듣고 있다.

자그마치 US 오픈이다.

PGA 챔피언십보다 더 높은 위상을 가진 이 대회마저 와이어 투 와이어 우승을 거둔다면 지존 확정 기념식이라도 열어야 할 것 같았다.

"존람이 저걸 놓치네!"

"넣기 쉽지 않은 퍼팅이었습니다. 바람도 잔잔하고 햇살도 포근한데, 오늘 그린이 왜 이 지경이죠?"

"그니까. 스파이크 자국이 너무 많아. 앞 조의 누군가가 영역 표시를 하고 다니는 것 같은데?"

"영역 표시요? 흐흐흐."

첫 홀이라서 신중한 퍼팅을 하려고 많이들 밟고 다녔던 것 같았다. 하지만 퍼팅 라인에 영향을 미칠 수준이라서 같은 상황이 반복된다면 경기위원에게 코멘트를 해야 할 것 같았다.

고의성이 확인된다면 그게 누구든 자제시키는 것이 공정한 게임을 위해 적절한 방향이기 때문이다.

3야드 퍼팅을 남긴 마사토도 분주했다. 쉽지 않은 경사였고 수리해야 할 지점이 서너 곳이나 눈에 띄었기 때문이다.

짜증이 날 만도 한데, 침착하게 준비했다.

"좋네!"

"지금 남 칭찬할 때야? 라인이나 다시 확인해 봐. 보이지 않는 흠결이 있을 수도 있어!"

"넵!"

이제 젊은 이 삶에 완벽히 적응이 된 게 분명했다.

아끼는 제자 홍 프로의 타박이 정겹게 느껴졌고 대답도 툭툭 잘 튀어나왔다.

그녀가 있어 얼마나 편하고 좋은지 새삼 느꼈다.

"야! 왜 그렇게 능글맞게 쳐다봐?"

"오늘 패션이 예뻐서요."

"그래? 이거 이번에 협찬받은 거잖아. 우리나라 골프웨어도 이젠 외국에 비해 전혀 떨어지지 않는 것 같아. 색감도,

착용감도 좋고 핏도 잘 실린 것 같아."

"뭔들 안 예쁘겠습니까!"

"뭐야? 지금 나 먹이는 거야?"

"아니에요. 한때 최고의 미녀 골퍼였던 이모를 제가 감히 그럴 수는 없죠!"

"뭐지? 이 찜찜한 기분은?"

입을 닫아야 했다.

마사토가 어드레스를 취했기 때문이다.

이 코스는 절대 녹록하지가 않아 버디 기회가 흔치 않다.

때문에 이런 기회를 잡았을 때는 반드시 넣어야 한다.

넣지 못해도 파는 하겠지만 그 실망감은 보기 이상을 작성할 꼬투리가 될 수도 있기 때문이다.

"나이스 터치!"

"어?"

적절한 스트로크였다.

내리막이고 워낙 그린 스피드가 빨라 실수하기 쉽다.

하지만 태주가 보기엔 더없이 적당한 스피드였고 방향도 좋았다. 라인에 걸친 흠결을 제거했음에도 중간에 살짝 튀는 것을 본 홍 프로의 외마디 비명이 들렸다.

하지만 마사토의 퍼팅은 운이 따랐다.

튀면서 왼쪽으로 빠질 것 같았는데, 홀컵을 빙그르르 돈

공이 홀컵 속으로 사라졌기 때문이다.

"휴우!"

"나이스 버디!"

"감사합니다!"

마사토의 퍼팅을 지켜본 태주는 자신의 라인을 다시 한번 살펴볼 수밖에 없었다. 눈에 띄지 않았던 흠결이 나타나 당황스러웠기 때문이다.

다행히 문제점은 발견되지 않았다.

그래도 혹시 몰라 과감한 터치를 할 수밖에 없었다.

홀컵 뒷벽을 때리는 퍼팅이 요구되는 상황이라고 판단했다.

"으악!"

"저게 뭐야? 왜? 대체 왜?"

- 마치 홀컵이 오바이트를 하듯이 공을 토해낸 것 같습니다. 저런 경우는 매우 드물지 않나요?

- 드물죠. 하지만 불가능한 일도 아닙니다. 보통은 가장 확실한 방법이며 프로들이 즐겨 사용하는 방식인데, 필요 이상으로 강하게 치면 저렇게 튀어나올 수도 있습니다.

- 그래도 이건 좀 심하네요. 배보다 배꼽이 더 커요!

태주도 놀랐다.

뒷벽을 때리는 소리를 듣는 순간, 마음을 놓았다.

들어갔다고 믿으며 헤드업조차 하지 않는 멋짐을 뽐내야
하는데. 팬들의 비명 소리가 작렬했다.

그리고 방금 전과 거의 비슷한 거리까지 굴러간 공을 쳐다
보고 있노라니, 어안이 벙벙했다.

'설마?'

'아니야. 아무런 조짐도 감지되지 않았어.'

'스스로 무덤을 파지 말자.'

남 탓을 하면 안 된다.

누군가 공간을 격하고 수작을 부렸을 것이라는 생각이 먼
저 든 사실에 더 놀랐다.

세게 친 사람은 자신이다.

또한 얼마든지 그런 결과가 나올 수 있는 것이 골프다.

그걸 인정하지 않고 의심을 품으면 곤란해지는 것은 자신
뿐이기 때문에 심호흡을 한 태주는 파 퍼팅에 집중했다.

- 휴우! 들어갔습니다! 이것마저 놓쳤다면 심적인 타격이
상당했을 것 같습니다.

- 네. 그건 확실하죠! 제가 아는 TJ는 첫 퍼팅 같은 것을
거의 놓치지 않는데, 이번 대회는 유난히 퍼팅에 어려움을

겪는 것 같습니다. 혹시 우승 경쟁을 하게 된다면 그건 바로 퍼팅이 원인일 것으로 보입니다.

- 퍼팅만 좋았다면 이미 타수 차를 확 벌렸을 겁니다. 설마 했는데 마지막 라운드까지 말썽을 부리는군요!

감이 좋지 않았다.

그 멋진 아이언 컨트롤을 보여 주고 성공 확률이 80% 안팎인 버디 퍼팅을 놓쳤으니 기분이 좋을 리 없었다.

게다가 타수 차도 더 좁혀졌다.

3타 차는 결코 크다고 말할 수 없다. 보기와 버디를 맞바꾸면 2타는 금방 따라잡을 수 있기 때문이다.

게다가 앞서 출발한 선수들의 성적도 좋았다.

-6 TJ KIM
-3 콜린 마사토, 브룩스 켑카
-2 존람, 프란체스코 몰리나리 외 4명

골프의 신이 강림했다

3화. 나답게!

골프의
신이
강림했다

어제 +4를 쳐 프로 데뷔 후 최악의 하루를 보냈다.

하지만 원인을 파악해 푹 쉬었더니 컨디션이 아주 좋았다.

실제 티샷이나 아이언샷은 그 어떤 날과 비교해도 뒤지지 않을 만큼 빼어났다.

하지만 1번 홀에 이어 2번 홀에서 또다시 3야드 버디퍼팅을 놓친 태주는 멘탈이 붕괴되는 느낌을 받았다.

"태주야. 너 얼굴이 벌게!"

"맛이 가고 있습니다. 왜 이러는 걸까요?"

"그런 흰소리를 하는 거 보니까 아직은 살아 있네."

"안 그런 척하는 것일 뿐, 정말 난감합니다."

절로 한숨이 튀어나왔다.

수많은 난관을 겪어 봤지만 이렇게 무기력한 적은 없었다.

안 그래도 퍼팅 입스가 올 지경인데, 그린마저 협조하지 않는 상황이 못내 짜증스러웠다.

그 와중에도 마사토는 2번 홀에서 가볍게 버디를 낚으며 2타 차로 따라붙었다. 지금껏 누군가를 의식한 적이 없었으나 혈색이 붉어질 만큼 당혹감을 지울 수 없었다.

그나마 악착같은 오기로 파 세이브를 유지해 갔고 6번 홀에서 첫 버디를 낚았지만 마사토도 버디를 놓치지 않았다.

-7 TJ KIM

-5 콜린 마사토

-3 브룩스 켑카, 프란체스코 몰리나리, 해리스 잉글리시

"이 진행은 확실히 의외야!"

"콜린이 잘 치는 게 아니고 TJ가 주춤하는 거잖아요."

"골프는 상대적일 수밖에 없어. 헬렌, 저 일본 친구에 대해 확인 좀 해 봐."

"혹시 릭의 작품이 아닌지 확인하라는 거죠?"

"응. 아무리 봐도 이건 좀 이상해."

"혹시 뭔가 감지하신 건가요?"

"아니···."

차라리 이상한 기운이라도 발견되었다면 불안하지 않았을 것이다. 쉽진 않겠으나 적절한 조치를 취하면 되니까.

그러나 지존 TJ와 경쟁하면서도 한 치의 흔들림도 보이지 않는 콜린 마사토를 지켜보고 있노라니, 답답했다.

마틴이 얼마나 태주를 신뢰하는지 알고 있는 헬렌은 서둘러 움직이지 않을 수 없었다.

지금 같은 추세라면 역전을 허용할지도 모르기 때문이었다.

홍 프로도 슬슬 불안해졌는지 태주의 눈치를 봤다.

"이모. 할 말 있으면 하세요."

"대체 뭐가 문제야? 어디 아픈 건 아니잖아?"

"그러니까요."

"네가 그린에만 올라서면 딴 사람처럼 느껴져. 너답지 않다고 해야 하나? 뭐라고 딱 꼬집어 말하긴 어렵지만 내 눈에는 일부러 못난이 흉내를 내는 것 같아."

"일부러 그러는 것 같다고요?"

생각해 보면 틀리지 않은 말이었다.

스스로 생각해 봐도 너무 부자연스럽다.

샷을 할 때는 오래된 습관에 따라 스윙 플레인을 잡고 루틴에 따라 스윙하는데, 그린에서는 이전처럼 행동하지 못했다.

가만히 있어도 라인이 너무 명확하게 보여 애써 감각을 죽였는데, 그게 독이 되고 있었던 것이다.

'나답게 치라잖아! 나답게!'

'근데 나다운 게 뭐지?'

결벽증, 강박증을 없애야 했다.

초감각을 쓰지 않아야 한다는.

초감각을 활용하고 싶진 않지만, 그로 인해 예전 감각마저도 잃었기 때문에 아예 의식하지 않고 움직여보기로 했다.

그 결과 10번 홀에서 6야드 퍼팅을 버디로 연결했다.

"와아아아! TJ! TJ!"

팬들의 뜨거운 함성이 터졌다.

그들은 인내하며 이 순간을 기다려 줬던 것이다.

하지만 생각에 푹 잠긴 태주는 아무런 반응도 내지 못했다.

이번에도 라인이 훤히 보였기 때문이다.

그게 초감각이 자연스럽게 활용된 것인지, 기량이 한 단계 올라서서 그런 것인지 분간하기 어려웠다.

혼란한 와중에 홍 프로가 정답을 제공했다.

"그렇지! 바로 그거잖아!"

"이게 저다운 겁니까?"

"응! 솔직히 네 퍼팅이 대단하진 않았지. 하지만 꼭 필요할 때는 지금처럼 정확한 스트로크를 해냈어. 그때 느낌이 지금과 똑같았어!"

"그랬군요."

이어진 홀 그린에서 태주는 그동안 조심스러워 시도조차 하지 않았던 실험을 강행했다. 그린 위에서 초감각의 최대치를 폭발시키면 어떤 일이 벌어지는지 확인하고자 했다.

그리고 깨달았다.

나다운 퍼팅이 무엇이었는지.

'아예 실선이 그려지는구나!'

'어드레스를 취한 뒤에도 수정의 필요성이 느껴져.'

'테이크 백의 크기가 통제되는 느낌까지!'

11번 홀은 213야드 파 3홀이다.

핀이 내리막 라이에 매우 교묘하게 꽂혀 있고 벙커를 넘겨야 해서 그린 중앙을 보고 때릴 수밖에 없는 홀이었다.

실험도 필요했기 때문에 그린에 올리는 데 만족했다. 오르막에 이은 내리막도 확연하고 우측으로 확 꺾이는 8야드 퍼팅이라서 넣겠다는 생각은 욕심으로 느껴질 상황이었다.

"공교롭게도 세 명 다 비슷한 위치로군요!"

"네가 가장 가까워."

"마사토와 비슷합니다."

가장 먼 존람이 먼저 버디를 시도했다.

경쟁에서 밀린 그는 과감한 스트로크를 선보였으나 무리수였다. 내리막을 탄 볼이 깃대를 넘어 에이프런까지 굴렀다.

팬들의 안타까운 탄식이 남은 두 선수의 가슴을 조여 왔다.

이번에도 마사토가 먼저 나섰다. 하지만 그는 홀컵에 붙이려는 의도가 명확한 스트로크를 선보였다.

하지만 초감각을 극대화시킨 태주는 기가 막힌 터치로 활처럼 꺾인 U자 라인을 정확히 굴려 홀인을 만들어 버렸다.

"와우! 이것까지 넣는다고?"

"헐! 넣을 생각은 없었는데, 저게 들어가 버리네요!"

팬들의 뜨거운 환호성이 그린을 들썩이게 만들었다.

그린에만 올라서면 잔뜩 겁먹은 듯 주저하던 TJ가 까다롭고 긴 퍼팅을 연속해서 성공했으며 이번 퍼팅은 가히 환상적인 궤적을 보였기 때문이다.

초감각을 끌어올린 결과는 눈으로 직접 보고도 믿기지 않았다. 두고두고 명장면으로 남을 결과가 나왔던 것이다.

그럴 의향이 없었건만 팬들의 미친 환호성을 마주하게 되자 당황스러우면서도 답답하던 가슴이 후련하게 뚫렸다.

'내 좋은 퍼팅 감각을 초감각이라고 오인했던 거군!'

"이런 흉악한 놈!"

"뭐라고요?"

"이럴 거면서 왜? 너 일부러 그랬던 거지?"

"그럴 리가요! 이제 감 잡았습니다."

"난 다 지켜봐서 이해하지만, 팬들은 네가 일부러 이런 극적인 상황을 연출했다고 생각할 것 같아."

"아무렴 어떻습니까! 중요한 건 퍼팅감을 되찾았다는 거죠!"

실로 중요한 기점을 건너고 있었다.

그런데 그 변화는 의아한 다른 변화도 불러왔다.

방금 전 10번 홀에서 동반 버디를 했을 때만 해도 환하게 웃으며 축하한다던 마사토가 고개를 돌려 버렸다.

근처에 다가오지도 않았다.

마치 삐친 아이처럼.

- 정말 숨이 턱 막힐 만큼 멋진 스트로크였습니다!

- 챔블리. TJ의 연이은 버디 퍼팅을 어떻게 생각하십니까?

- 어떻게 생각하느냐고요? 그게 무슨 말씀이시죠?

- 그렇게 멋들어진 퍼팅 감각을 지닌 그가 요 며칠 동안 그 페이스를 잃은 듯 보였는데, 그게 의아해서 그럽니다.

- 그 말씀은 일부러 연출이라도 했다는 뜻입니까?

- 다른 선수라면 모를까, 월등한 실력을 지닌 TJ라면 그러

고도 남을 것 같아서 말이죠.

- 동의할 수 없습니다. 실전 심리가 그렇지 않거든요. 5타 차로 앞서고 있어도 1타가 아쉬운 게 프로의 마음입니다. 욕심이 끝이 없죠!

메인 해설자 챔블리는 얼토당토않은 말이라고 단정했다. 불필요한 논란이었기 때문이다.

그렇게 보일지라도 그럴 수는 없다. 한 방에 훅 갈 수 있는 것이 골프이며 모든 프로들은 지금 이 자리까지 오면서 그런 경우를 겪어 보지 않은 사람이 없다.

다 이겼다고 확신할 때, 와르르 무너져 보기도 했으며 상대의 빈틈을 노려 짜릿한 역전승을 거둬 본 적도 있을 것이다.

극적인 깨달음을 얻은 태주는 거칠 것이 없었다. 마음의 부담을 덜자 그린에만 올리면 다 넣을 것 같았기 때문이다.

"이보세요. 남의 라이를 그렇게 밟으면 어떡합니까?"

"오우! 쏘리!"

시선을 외면한 뒤로 마사토는 얄미운 짓만 골라서 했다.

태주가 티샷을 할 때 캐디와 잡담을 나눴고 그린에서 라인을 살필 때는 빙 돌아가지 않고 그냥 가로질러 걸어 다녔다.

태주는 씩 웃고 말았지만 보다 못한 홍 프로가 지적했다.

모를 수 없는 기본 중의 기본이건만 두 손을 들어 보이며 실수인 척 연기하는 모습은 가증스럽기 그지없었다.

태주의 짙은 눈썹이 송충이처럼 꿈틀거렸다.

"이봐! 마사토!"

"……."

"똑바로 합시다!"

"미, 미안합니다!"

부릅뜬 태주의 눈빛을 마주한 놈이 어깨를 움츠리며 바로 꼬리를 내렸다.

현실 나이가 더 많은 상대이기에 존중하려고 했었다.

매너도 나쁘지 않았고.

하지만 어느 한순간 표변하는 낯짝을 보자 어이가 없었다. 더 이상 봐줄 하등의 이유가 없는데, 홍 프로에게 무례를 범하는 꼴은 두고 볼 수가 없었던 것이다.

"뭘 그렇게 정색하고 그래!"

"흐흐. 좋으면서."

"좋지. 내 편이니까! 근데 정말 얄팍한 놈이었어."

"그러네요. 뻔뻔하기까지."

콜린 마사토는 녹록한 자가 아니었다.

꼬리를 내린 듯 보였으나 이를 악물더니 악착같이 따라붙었다. 하지만 마음의 부담을 던 태주에게 덤비는 것은 만용이었다.

이븐파 우승자가 나올 것이라고 장담하던 더 컨트리클럽의 인코스를 하나하나 허물기 시작했다.

562야드 파4, 12번 홀에서 2온 2퍼팅 파로 잠시 숨을 고르는가 싶더니 이어진 680야드 파5 홀에서 2온에 성공했다.

- 와우! 이게 말이 되나요?
- 이번 대회 최초 기록입니다. 티샷을 378야드나 보낸 것도 대단하지만 310야드를 3번 우드로 공략해 그린에 올려버린 것은 그가 아니면 불가능한 샷이라고 생각합니다.
- 그러니까요! 그린 앞에 크릭(작은 개울)이 있잖아요. 그것 때문에 장타자들도 아예 3온 작전을 펼치는데, 티샷을 할 때부터 2온을 염두에 둔 것 같습니다.
- 네. 티샷도 대단했지만 우드로 저렇게 탄도 높은 샷을 구사하면서 방향까지 지키기는 정말 어렵습니다.

다들 대단하다고 탄성을 터트렸지만, 태주의 표정은 밝지 못했다. 21야드나 남은 퍼팅은 50야드 칩샷보다 좋다고 보기 어려웠기 때문이다.

초감각을 끌어올리면 정답을 찾을 수 있겠으나 차마 그럴 수는 없었다. 그래도 차분하게 라이를 살펴 과감한 퍼팅을 시도했고 거의 들어갈 뻔한 멋진 결과로 팬들의 박수를 받았다.

[13번 홀 680야드 파5- 2온 2퍼팅 버디]
[14번 홀 510야드 파4- 2온 1퍼팅 버디]
[15번 홀 578야드 파4- 2온 2퍼팅 파]
[16번 홀 233야드 파3- 1온 1퍼팅 버디]
[17번 홀 503야드 파4- 2온 퍼팅 버디]

그야말로 불꽃 샷이 이어졌다.

위기는커녕 페어웨이를 놓치지 않는 350야드 안팎의 장타에 이은 정교한 아이언 샷, 빈틈없는 퍼팅까지.

후반에만 6타를 줄인 태주는 어느덧 −13까지 치솟았다.

2위인 마사토와는 6타 차까지 벌린 태주가 마지막 홀에 도착하자 팬들은 축하 인사를 건네는 데 주저하지 않았다.

본인도 우승을 의심하진 않았다. 하지만 싱겁다는 느낌은 지울 수 없었다.

"이젠 작대기로 쳐도 우승하겠어."

"이글 없는 대회는 처음입니다. 그거 하나 보여 줘야죠!"

"632야드야. 2온은 가능하겠지만 오늘도 핀에 붙이는 건 쉽지 않을 거야!"

"그래도 해 봐야죠!"

어제 하루 위기를 겪어 말들이 많았다.

하지만 태주는 또다시 와이어 투 와이어 우승을 눈앞에 뒀다. 의심의 여지가 없는 지존의 위엄을 보인 셈이다.

하지만 태주는 아직도 목이 말랐다.

스스로 돌아보건대, 완벽한 경기력을 보여 주진 못했기 때문이다. 그래서 투웰브를 환호하는 팬들을 위해 확실한 서비스를 보여 주기로 작정했다.

- 어? 지금 저 애이밍은 뭐죠?

- 숲을 넘기는 티샷을 시도하려는 것 같습니다.

- 네에? 저 숲을 넘기려면 캐리만 380야드가 요구됩니다. TJ가 비교 불가한 장타자라는 것은 우리 모두 알고 있지만 우승이 확정된 이 마당에 그런 무리수를 둘 필요가 있나요?

- 팬들을 위한 서비스 샷인 것 같습니다.

- 아무리 그래도 저 숲을 넘기려면….

도저히 가능할 것 같아 무리수라는 말만 반복했으나 프랭크의 눈빛에도 기대가 가득 넘쳤다.

거리뿐만 아니라 장벽처럼 빽빽하게 늘어선 나무들을 넘기려면 탄도도 높여야 하기 때문에 엄두가 나질 않았다.

그러나 13번 홀에서 2온을 하고도 이글을 연결하지 못한 태주는 현장을 찾은 팬들을 위해 특별한 서비스를 해 주기로 마음을 굳혔다.

"보려면 더 우측을 봐야 해!"

"벙커 때문이죠?"

"응. 네가 선 방향으로 그대로 치면 나무를 넘겨도 벙커에 빠질 확률이 높아."

"그럼 살짝 페이드를 걸어야겠군요."

"페이드를 걸면 거리 손실을 봐야 할 텐데?"

"제 목표는 450야드입니다."

"헐!"

불안했는지 홍 프로도 의견을 보탰다.

숲을 넘기는 것에만 집중했던 태주도 그녀의 의견을 참조하기로 결정했다. 어차피 벙커도 넘길 생각이었으나 빠질 수도 있는 가능성을 배제할 수 없었던 것이다.

굳이 위험한 샷을 하지 않아도 되는 상황에서 도전적인 시도를 선보이려는데, 시비를 거는 잡담이 들려왔다.

건방진 태도라나?

"남 욕을 할 때는 일본어가 최고지!"

"죄, 죄송합니다! 일본어를 하는 줄은 몰랐습니다."

"경고하건대, 착한 척하지 마! 그냥 생긴 대로 살라고. 왜 마음에도 없는 가면을 쓰고 살아? 이해가 안 되네!"

"……."

사람은 여간해서는 바뀌지 않는다.

인생을 바꿀 크나큰 격변을 겪으면 변하기도 하지만 본성을 바꾸기보다는 쿨하게 인정하고 원만하게 살려고 노력할 수는 있다.

어쩌면 평생 그렇게 살아야 한다고 보고 배웠을지도 모른다. 마사토를 보면 그랬을 가능성이 높다는 생각이 들었다.

웬만해서는 남의 인생에 대해 왈가왈부하고 싶진 않지만 주제 넘는 발칙한 짓까지 용납하고 싶진 않았다.

별 대단한 말을 던진 것도 아닌데, 목까지 시뻘겋게 달아오른 마사토는 태주가 시선을 돌리자 이를 박박 갈았다.

"드디어 날개를 펴는 건가?"

"무슨 날개요?"

"헬렌. 너는 인간이 저 울창한 숲을 넘길 수 있다고 생각하는 게냐?"

"그라면 가능하죠. 마음만 먹으면 언제든 400야드, 아니 450야드도 날릴 수 있다고 생각해요. 그 근거는 이미 충분히 보여 줬고요."

"그런가? 내리막이나 뒷바람도 없는데, 400야드 이상을 쉽게 날릴 수 있다고?"

"네! 그의 신체 스펙을 보셨잖아요. 금지약물로 벌크업을 끝낸 선수들보다 더 강력한 힘을 모을 수 있는 남자죠!"

"허허! 난 그의 진면목을 보고 싶은데…."

마틴은 아쉬움을 표했다.

그가 느끼기에 태주는 각성을 한 것 같았다.

그 위력이 얼마나 되는지 궁금했던 것이다.

여하튼 티그라운드에 선 태주는 빈 스윙부터 심상치 않았다. 클럽 헤드가 바람을 가르는 소리가 티그라운드는 물론 그린 뒤에 세워진 스탠드까지 울려 퍼졌다.

'90%를 맞추기가 이렇게 어렵나?'

실전에서 이렇게 강한 샷을 시도하긴 처음이었다.

가진 힘의 90%를 쏟아내는 티샷.

익숙하지 않기 때문인지 자꾸 풀 스윙이 이뤄졌다.

통제되지 않는.

"어허! 심장아! 왜 이렇게 날뛰고 그래!"

기분이 좋았다.

지금 이 상황이 너무도 행복했다.

전생에서도 이런 날을 꿈꿨었다.

뜻하지 않은 부상으로 그 소중한 꿈을 접을 수밖에 없었는데, 믿기지 않는 두 번째 삶이 찾아왔다.

기회를 놓치지 않기 위해 수고한 나날들이 파노라마처럼

스쳐 갔다.

- 똑같은 루틴인데도 어마어마한 긴장감이 느껴지네요.
- 팬들의 태도를 보십시오! 다들 숨을 죽이고 지켜봅니다.
수천 명이 모여 있는데도 잡담하는 사람이 보이질 않습니다.
- 그럴 수밖에 없죠! 누가 있어 저런 위험한 샷을 시도할
수 있겠습니까! 밑져야 본전인데!
- 하하! 그렇지는 않을 겁니다. 만약 이 샷 결과가 우리의
기대 대로 훌륭하게 나온다면 그는 지존의 위상을 더욱 굳건
히 할 수 있으며 모두의 인정을 받게 될 겁니다.

사실 샷 루틴이 평소보다 많이 길었다.
그러나 그 한순간, 한순간이 역사의 한 장면으로 남을 수
있다는 생각을 공유했기 때문인지 아무도 투덜거리지 않았
다.
몇 번의 스윙으로 세팅을 마친 태주가 공 앞에 섰다.
평소보다 조금 더 벌린 스탠스, 아무도 의식하지 못했으나
페이드 샷을 의도한 그의 왼발이 살짝 열린 상태였다.
쉬익!
테이크백은 지루할 만큼 느렸다.
평소보다 더 느리게 느껴진 이유는 상대적으로 팔로우 스

로우가 빠르고 강력했기 때문일 것이다.

공기를 찢을 듯 강렬한 타격음이 울려 퍼졌다.

전율하지 않는 사람이 없었다.

얼마나 빠른지 타구의 궤적을 쫓을 수 없었다.

그러나 모두의 귀에 기대하지 않았던 소리가 박혔다.

틱!

- 뭐죠? 나무에 맞은 건가요?

- 네. 가루가 된 나뭇잎이 날리고 있습니다.

- 그렇다면 거리 손실을 감수할 수밖에 없겠군요!

- 그렇지는 않을 겁니다. TJ는 처음부터 그 궤적을 의도한 샷을 했다고 생각합니다. 캐리 380야드를 확보하려면 더 높은 탄도로는 감당하기 힘들다고 판단했을 가능성이 높습니다.

- 나뭇잎 정도는 지장이 없다는 거군요!

정확한 해설이었다.

페이드까지 걸었기 때문에 탄도까지 높이면 숲을 넘기기 어려울 것이라고 봤다.

최고점에 이른 순간부터 타구가 우측으로 휘기 시작했다.

애당초 의도한 대로 향하는 것임에도 타구의 궤적을 쫓던 이들의 표정에는 놀라움이 서리기 시작했다.

오죽하면 해설위원 챔블리도 비명에 가까운 탄식을 터트렸을까!

- 이런! 이런! 슬라이스가!

- 챔블리. 처음부터 페이드 샷을 때린 건 아닐까요?

- 저 거리를 때리면서 페이드까지 봤다고 보긴…. 그러고 보니 그런 것 같습니다. 페이드가 걸리지 않으면 페어웨이 벙커에 빠진다는 것을 모를 사람이 아니죠!

- 그러니까요!

한참을 떠들어도 타구가 떨어지질 않았다.

지루함과는 격이 다른 희망적인 여유였는데, 이 도전적인 샷에 큰 기대감을 품었던 팬들의 얼굴에 안타까움이 아름아름 내려앉았다.

멋진 결과를 기대했고 그 도전에 응원을 보내지만 역시 무리수였다는 생각이 앞섰던 것이었다.

그러나 누군가 박수를 치기 시작하자 전염되듯 퍼져나갔다.

앞뒤에서는 확인이 어렵지만 페어웨이 좌측에 위치한 팬들은 타구의 궤적을 보다 선명하게 볼 수 있었기 때문이다.

"정말 넘어갔나?"

"뭡니까? 설마 이모도 제가 저걸 넘기지 못할 거라고 생각한 겁니까?"

"아니야, 아니야! 믿어 의심치 않았지! 정말이야!"

"어허! 이 반응은 뭐죠? 강한 부정은 긍정이라던데?"

"떨어진다! 캐리가 대체 얼마나 나온 걸까?"

정확한 데이터가 화면에 뜨고 있었다.

또한 그 어마어마한 숲을 넘긴 타구가 러프에 바운드가 된 뒤 페어웨이로 튀어 나가 사정없이 구르는 장면도 보였다.

─ 미치겠네요. 캐리가 무려 401야드가 나왔습니다! 이게 말이 되나요?

─ 측정기가 고장 나지는 않았을 겁니다. 정말 해내네요! TJ.

─ 뒷바람도 없었고 내리막 경사도 아닙니다. 그런데 어떻게 드라이빙 비거리가 448야드를 찍을 수가 있습니까?

─ 그러게요! 400야드를 넘기는 샷을 수차례 보긴 했지만, 지금처럼 무지막지한 티샷은 단연코 본 적이 없습니다. 롱 드라이브 대회도 아니고!

─ 우후! 이 정도면 장타 대회에 나가도 되죠! 하하하!

정말 해냈다.

할 수 있다고 굳건히 믿었건만 홍 프로조차 초조한 기색을 감추지 못했다.

성공하긴 했지만, 평소 이와 같은 장타 연습도 병행해야겠다는 생각도 하게 되었다.

팬들도 감격에 겨웠는지 태주의 닉네임을 연호하며 손바닥이 터져라 박수를 쏟아냈다.

"가서 확인해 봐야겠지만 도그렉 홀이라서 얼마 남지도 않았을 거야!"

"대략 150야드 정도 남았을 겁니다. 핀이 어디에 꽂혔든 상관이 없을 거리죠. 흐흐흐."

"그 바보 같은 웃음소리 좀 치워! 능글맞게!"

"능글맞다고요? 격한 포옹을 해 줘도 모자랄 판에 너무 하시네."

"아이고! 안아 달라고? 나야 밑질 게 없는데?"

"헉!"

도망쳐야 했다.

농담이 진담으로 바뀌면 매우 곤란했기 때문이다.

하지만 장난을 멈춰야 했다.

그 광경을 바라보던 팬들의 뜨거운 응원이 그칠 줄을 몰랐기 때문이다.

특히 다음 순서인 마사토가 티그라운드에 올라섰는데, 소음에 신경이 쓰였는지 샷을 하지 못하고 있었다.

아무렴 어때 싶었으나 모자를 벗어 흔들며 인사했다.

"고맙다는 소리가 없네?"

"고마울 것까지는 없겠지. 방금 전에 그런 샷이 나왔는데, 칠 맛이 나겠어."

"그도 그러네요. 흐흐."

동반자들의 플레이까지 신경 쓸 필요가 없었다.

2위 마사토는 −7, 3위 켑카도 −5였기 때문이다.

다들 태주처럼 숲을 넘기진 못해 300야드 안팎을 남겼다.

끝까지 이를 악물고 경기하는 마사토와 눈이 마주쳤는데, 이번에는 피하지 않았다. 되레 강한 적개심을 드러냈는데, 그 정도 각오는 있어야 바람직하다고 생각했다.

"자주 보겠네요."

"누구? 저 쬐끔만 놈?"

"체격이 좀 작지만 밸런스도 좋고 스윙 리듬도 무난합니다. 적어도 매년 우승 한두 번은 할 것 같아요."

"오호! 그 정도였어?"

"무엇보다 눈에 띄는 건 저 독기죠. 하하하."

정말로 150야드가 남아 있었다.

그린 앞과 우측으로 개울이 흘러나가 조금만 열려도 위험천만한 상황이었으나 개의치 않았다.

피칭 웨지로 이 정도 거리는 1미터 안에 붙일 자신이 있었기 때문이다.

실제 태주는 그보다 더 가까운 탭 인 버디 지점에 꽂았다.

[12연승! US 오픈을 오직 자신만의 무대로 바꾼 TJ, 역사에 길이 남을 대기록을 작성하다]

[어나더 레벨! 마지막 홀에서 보여 준 448야드 티샷, 진정한 지존이 누구인지 알려 주는 것만 같았다]

[상당수가 선전한 US 오픈, 이븐파 우승은커녕 언더파 23명 배출, 이 또한 TJ 효과인가?]

[PGA 데뷔 시즌 메이저 2승 포함 6연승, 그가 걸어가고 있는 모든 길이 곧 현대 골프의 역사다!]

결국 해냈다.

다른 대회도 아닌 US 오픈이다.

하지만 특별한 세리머니가 없어 더 화제였다.

그에겐 그저 연승을 채워 주는 하나의 대회에 불과한 듯 보였기 때문이다.

하기야 가족도 오지 않았으니 그렇게 보이는 게 당연했다.

곧바로 성대한 시상식이 열렸고 늘 그랬듯 태주는 담담한 표정을 잃지 않은 채 트로피를 들어 보였다.

- 설마 US 오픈까지 연승할 수는 없을 거라는 의견이 많았는데, 본인은 어떻게 생각하셨습니까?

"저는 믿어 의심치 않았습니다."

- 우승할 자신이 있었다는 건가요?

"그 어느 때보다 컨디션이 좋았고 많은 분들이 응원해 주셔서 생각보다 편안한 대회였다는 생각이 듭니다.

- 퍼팅 난조로 고생하신 것으로 아는데, 그마저도 작위적인 행동이었다는 말씀이신가요?

"아! 그건 아닙니다. 실제 멘탈이 무너질 뻔했습니다. 그 고비를 넘긴 것이 추후 제가 투어를 뛰는 데 적잖은 도움이 되리라고 생각합니다."

과한 자신감을 드러냈나 싶었으나 그게 솔직한 심정이었고, 기자들도 별다른 반감 없이 받아들이는 분위기였다.

지금도 대적할 자가 없을 만큼 강한데, 더 성장한 것 같다는 말에 더 이상 긴 질문이 필요치 않았다.

예상보다 빠르게 끝나는가 싶더니 추후 일정에 대한 얘기가 얽혀 버렸다.

- 한 주 쉬고 John Deere Classic에 출전한다고 들었는데, 13연승을 기대해 봐도 될까요?

"갑작스러운 일정이 생겨 St. Andrews에서 만나야 할 것 같습니다. 에이전시를 통해 상세한 내용을 전해 드리겠습니다."

그저 한 대회 건너뛴다고 말했을 뿐인데, 큰 소란이 일었다. 나가는 대회마다 휩쓸어 버린 탓일까?

출전을 스스로 자제하는 모습이 보기 좋다는 의견도 나왔지만, 그와 반대되는 의견도 만만치 않았다. 다행인 것은 부정적인 맥락은 아니라는 점이었다.

기자들이 왜 대회 흥행을 걱정하는지 이해할 수가 없어 그냥 자리를 털고 일어섰다.

뒤통수에 쏟아지는 질문은 가볍게 씹어 버렸다.

하지만 마주친 헬렌에게는 미안했다.

"미리 얘길 했어야 하는데 미안합니다."

"아니에요. 당신은 뭐든 가능한 위치에 서 있어요! 이젠 당신이 골프계의 길이자 생명이 되었어요!"

"어허! 뭘 그렇게 힘들게 돌려 까십니까?"

"그런 거 아니고 전 사실을 말했을 뿐이에요. 호호호!"

미리 상의하지 않아 기분 상했을 줄 알았다.

하지만 헬렌은 쿨하게 넘겼다.

어설픈 강자는 언론에 휩쓸리지만 진정한 강자는 모든 관계자들을 휘어잡을 수 있다고 말했는데 그럴싸했다.

방금처럼 무슨 말을 하든지, 어떻게 행동하든지 기자들은 결코 부정적인 기사를 싣기 어려울 것이라고 봤다.

그야말로 대세를 거스를 수 없다는 것이며 혹시 그런 자가 튀어나온다면 확실하게 교육할 의지가 있음도 밝혔다.

"축하해!"

"나도 축하하네. 허허허."

"두 분을 함께 만나니 더없이 좋네요. 모이신 김에 다 같이 식사하시죠."

"그래야지. 아암!"

마틴은 물론 브라운 회장도 찾아왔다.

US 오픈 우승을 거머쥔 것이 얼마나 가치가 있는지 구구절절 설명했는데, 추후 어떤 그 누구도 무시하진 못할 것이라는 말로 그 의미를 해석할 수 있었다.

스포츠 스타는 즐비하다.

축구, 야구, 농구, 테니스, 미식축구 등 헤아릴 수 없이 많은 종목에 수많은 스타들이 존재하지만, 이번 주말 우승으로 인해 태주는 가장 앞줄에 서게 되었다.

스포츠 언론뿐만 아니라 CNN, BBC와 같은 초대형언론 뉴스 첫 소식에 TJ KIM의 우승 소식이 보도되었을 정도였다.

"2주에 1회 출전도 사실 쉬운 게 아니지. 일정 이상의 좋은 경기력을 위해서는 3, 4주에 한 번 정도 나서는 게 가장 적절하다고 봐."

"힘들진 않습니다. 브라운. 다만 한국에 좀 다녀오려고요."

"혹시 아내가 보고 싶어서?"

"그것도 그렇지만 아내가 아이를 가졌는데, 제가 그동안 너무 소홀했던 것 같습니다. 한국이 그립기도 하고요."

"그래. 시시껄렁한 대회는 건너뛰자고!"

무려 12연승이다.

데뷔 초 2부 투어, 유러피언 투어, 일본 투어에서 거둔 6승을 빼더라도 PGA 6연승이다.

거기엔 메이저 대회가 두 개나 포함되어 있었고.

나가는 족족 우승을 해 버려 이젠 우승에 실패하는 것이 되레 이상할 것 같은 분위기가 형성되었다.

때문에 아무 대회나 나가는 것은 바람직하지 않다고 봤다. 적어도 아주 큰 대회이거나 강력한 경쟁자들이 나타나 피치 못할 패배여야 된다는 압박감을 가지고 있었다.

정작 본인은 생각이 달랐는데.

"시시껄렁한 대회가 어디 있습니까! 그저 상황이 그렇게 되었을 뿐입니다."

"허허허! 내가 말실수를 했군. 상금이 적다고 무시하면 안 되는데. 하지만 내가 왜 그런 말을 했는지는 이해하지?"

"물론입니다. 설사 지더라도 아름답게, 그럴듯하게 져야 한다는 말씀 아닙니까."

"그, 그렇지. 허허허!"

"김 프로. 나도 모처럼 고국 땅 구경이나 갈까 하는데, 끼워 주겠나?"

"저야 좋죠. 고향이 이북이라고 들었던 것 같은데…."

길게 끌 이유가 없어 그날 밤에 바로 출발했다.

어차피 전용 비행기의 침실은 넓고 안락하며 좁지도 않았다. 게다가 서로의 일정이 달라 마틴은 다른 전용기를 이용하게 되었는데, 헬렌도 함께 움직이기로 했다.

오래전부터 논의되던 한국 기업과의 스폰서십도 확정지어야 하며 시간이 허락되면 광고 촬영도 병행할 요량이라고 했다.

그림이 좋게 나온다나?

"너무 좋다!"

"고생한 보람을 만끽해야죠."

"그래도 2주 만에 다시 휴가라니! 넌 어쩜 이렇게 예쁜 짓만 골라서 하냐."

"어쩔 수 없습니다. 제 고집 때문에 그동안 유라에게 소홀
했던 것도 사실이잖아요."

"한창 잘 나갈 때라서 이해해 줄 거야. 유라도 투어프로인
데, 그 정도도 이해해 주지 못하면 안 되지!"

"그럼 다행이고요. 흐흐."

한국행을 아무에게도 알리지 않았다.

일반 여객기를 이용하면 탑승자 명단을 감출 수 없지만,
전용 제트기를 띄웠기 때문에 기자들이 알 턱이 없었다.

그래서 더 편안한 비행이었다.

"그럼 내일 연락드리겠습니다."

"우린 신경 쓰지 말고 푹 쉬고 즐기시게."

"어디 가실 생각이십니까?"

"그게 왜 궁금한데?"

"한국에 오셨으니 제가 챙겨드려야 할 것 같아서요."

"그 마음만으로 충분하네. 어서 가 보시게."

공항에서 마틴 부녀와 헤어졌다.

초면인 헬렌의 오빠 둘도 동행했는데, 그들의 표정은 밝지
않았다. 한 명은 누가 봐도 한국 핏줄인 것 같은데, 그는 불
편한 기색을 감추지 않았다.

자식 농사는 뜻대로 되지 않는다더니, 그 속을 알 순 없지

만 한국 방문을 꺼리는 모습이 보기 좋을 리 없었다.

여하튼 오랜만에 찾은 한국에서 일정이 있는 것 같아 마틴 일행과는 공항에서 헤어졌다.

"집사람이 처갓집에 있는 거 맞죠?"

"네. 그렇습니다."

"이 대리한테 함구하라고 하셨죠?"

"물론입니다. 지금 댁에 계신답니다."

처갓집 근처에 도착한 시간은 오후 1시였다.

운영하는 한식당이 한창 바쁠 시간이라서 조심스러웠지만, 유라를 만날 생각에 가슴이 뛰었다.

이렇게 생생한 애정이 있음에도 아이를 가진 유라를 살뜰히 챙기지 못한 아쉬움에 늘 마음이 무거웠다.

US 오픈을 우승하는 순간, 몇몇이 떠올랐다.

유라보다 폰이 먼저 생각났다는 사실에 깜짝 놀랐다. 아무리 미운 짓으로 서운해졌어도 아내를 뒷전으로 둔 것이 계속 마음에 걸렸는데, 그걸 바로 잡기 위해 한국행을 택했다.

"어서 오세요!"

"넷입니다. 좋은 자리 있습니까?"

"야! 김태주!"

"어머님은?"

"나보다 엄마야? 이 나쁜 놈아!"

유라는 가게 프런트를 보고 있었다.

전에는 상상도 하지 못할 일이다. 그녀는 자신의 집이 식당을 운영하는 것을 탐탁지 않게 여겼었다.

그런데 달라진 것이다.

바쁜 부모님을 돕기 위해 일하는 모습은 정말 예뻤다.

이 상황이 너무 극적이었던가! 태주가 나타나자 유라는 카운터에서 뛰어나와 남편의 품에 폭 안겼다.

손님들이 질색할 상황이었으나 박수 소리가 들렸다.

"유라야…."

"뭐 어때! 손님들도 축하해 주시잖아. 너 때문에 가게가 얼마나 바쁜지 알아?"

"그래도 이건 좀…."

원래 문전성시를 이루던 식당이다.

하지만 요즘 가장 핫한 스포츠 스타가 이 집 사위라는 소문이 퍼져 예약이 밀렸고 식사 시간이 아닐 때도 미어터졌다.

카운터 뒤에 자신과 함께 찍은 우승 사진이 걸려 있는 게 좀 쑥스러웠지만 그런 게 문제가 될 리 없었다.

겨우 유라를 떼어 놓자 장모님이 나타났다.

"김 서방! 미국에 있던 사람이 어떻게?"

"우리 장모님이 보고 싶어서 왔죠!"

"호호호! 말도 얼마나 이쁘게 하는지! 밥은?"

"장모님이 차려주실 진수성찬을 고대하며 굶고 왔습니다."

"그럼 빨리 들어가자. 유라야, 뭐 하니? 얼른 신랑 데리고 들어가야지."

장모님은 말렸으나 태주는 안채로 향하지 않고 가게를 찾은 손님들에게 사인도 해 주고 기념사진도 찍었다.

이건 진심에서 우러나오는 행위였다. 자신이 사랑하는 가족들을 위해 그 정도는 아무것도 아니었기 때문이다.

그런 사위가 대견했는지 장모님은 눈물까지 글썽이셨다.

장인어른도 소식을 듣고는 바로 귀가하셨다.

"마지막 홀 티샷은 정말 어마어마하더군!"

"보셨습니까?"

"봐야지. 우리 사위 경기인데!"

"말도 마! 라운드 약속이 잡혀 있다면서 아침 내내 녹화한 그걸 보셨어."

"라운드? 근데 어떻게 오셨어요?"

"허허. 스크린 골프. 자네가 왔다는 소리에 친구 놈들이 다 우리 집으로 몰려오겠다고 해서 얼마나 정신이 없던지."

실제로 식사하시러 오셨다는 말을 듣고 가게로 나가 인사도 드렸다. 다른 사람은 몰라도 가족을 기쁘게 하는 것은 번거롭거나 힘들지 않았다.

장모님이 차려 주신 따스한 밥을 먹으며 행복했다.

이렇게 자신을 위하는 사람이 많다는 사실이 기뻤고 무엇보다 뿌듯한 것은 유라가 몰라보게 변했다는 것이다.

그 황소고집이 어디 가겠느냐마는 가장 불안한 요소였던 시기 질투, 자괴감 같은 것 없이 맑다는 느낌을 받았다.

그전 같으면 질색할 말을 던져도 웃으며 받아쳤다.

"아줌마 다 됐는데?"

"임신복을 입어서 그래. 그래야 아기가 편하다고 해서."

"좋네. 지금처럼 푸근한 네 느낌이 난 더 좋아."

"푸근? 나 살쪘다고 놀리는 거지?"

"아니야. 지금 네 모습은 내가 처음 너한테 호감을 느꼈을 때보다 더 예뻐."

"치! 말이나 못 하면!"

처가에서 푹 쉬고 싶었지만 유라가 보챘다.

아직 부모님들은 태주가 한국에 온 줄도 모르고 있기 때문이었다. 섭섭해하실 거라며 얼른 일어나라고 보챘다.

하는 수없이 본가로 향했는데, 상도가 퇴근해 기다리고 있었다. 태주가 한국에 도착한 사실을 이미 감지했던 것이다.

그걸 뉴스 속보로 들은 부모님의 심정이 어떨지 감을 잡을 수 없어 일단 인사부터 올렸다.

"저 돌아왔습니다. 아버지 어머니."

"처갓집에서 더 쉬다 오지 그랬어. 사부인께서 잘해 주셨을 텐데."

"그러려고 했는데, 유라가 하도 보채서 끌려왔습니다."

상도는 크게 소리 내 웃었지만 윤 여사는 아들을 흘겨봤다.

어쩔 수 없는 모정일 텐데, 태주는 그 마음을 헤아릴 수 있었다. 빙의했지만 교통 사고로 고생할 당시, 아들을 향한 그녀의 사랑이 어떤지 몸소 겪어 봤기 때문이다.

이전처럼 개차반도 아니고 자랑스러운 아들이 되었는데도 엄마의 욕심은 끝이 없다는 사실을 새삼 확인했다.

"누나는요?"

"그 녀석 입원시켰어."

"입원이요? 대체 어디가 아파서요?"

상도도, 윤 여사도 쉽게 입을 열지 않았다.

아들을 만난 좋은 분위기를 해치지 않기 위해서인 것 같았는데, 누나라는 단어가 튀어나오는 순간에 이미 상은 엎질러진 셈이었다.

대체 무슨 사고를 쳤는지는 임 팀장에게 보고 받았다.

상도가 함구령을 내려 입을 열 수 없었다는 것인데, 한국에 들어와서도 못된 버릇을 버리지 못하고 약을 하다가 구속되고 말았다.

언론 보도는 막았지만, 법적인 처벌은 막지 않았고 그 대가로 강제 입원 치료를 하는 중이었다.

"모른 척하는 게 낫지 않을까?"

"아니야. 가족이라면 맞부딪쳐야지. 누나가 힘들어하는 부분은 다른 게 아니고 정을 느끼지 못해서일 거야."

"어머님도 아가씨랑 친하지 않은 것 같던데, 그건 왜 그래? 그럴 분이 아니시잖아."

"그 사이에 내가 끼어 있어서 그럴 거야. 화해하면 좋은데."

대놓고 말하긴 어려웠다.

자신도 그녀의 곁을 지킬 수는 없다.

기껏해야 잠깐 만나는 정도에 불과하기 때문에 만나러 가서도 그녀의 얼굴을 마주하는 것은 부담스러웠다.

하지만 면회실에서 만난 그녀의 얼굴을 보는 순간, 이건 내가 바로잡아야 한다는 느낌이 들었다.

"누나!"

"기분 좋지? 내 비참한 꼴을 보니."

"아니. 가슴이 미어져."

"……."

"치료 경과는 어때?"

"잘되고 있어."

"정말이야? 이 치료는 무엇보다 본인의 의지가 중요한 거 잖아."

"실수하긴 했지만 나 그렇게 나약한 년 아니야. 그러니까 넌 그만 돌아가."

태주는 일어서는 태주의 손을 잡았다.

오누이 사이인데, 손을 잡아 본 기억이 없었다.

태주도 무척 낯설었으니 그녀가 느낄 충격은 말하지 않아도 느낄 수 있었다. 불에 덴 듯 화들짝 놀라 뿌리쳤다.

하지만 태주는 놔주지 않고 오히려 그녀 옆으로 다가가 앉았다. 그리곤 안아 줬다.

"야! 너 뭐 하는 짓이야?"

"누나. 미안해."

"너 정말 왜 그래?"

"내가 더 살갑게 다가갔어야 하는데 그렇지 못해 미안해."

"가식 그만 떨어! 내가 널 몰라? 넌 꼬마 때도 날 골탕 먹이는 데는 도가 텄던 놈이야. 또 무슨 수작을 부리려고 이래?"

"그래서 이렇게 사과하잖아. 난 누나가 마땅히 서야 할 위치로 돌아왔으면 좋겠어. 알다시피 난 꿈을 향해 달려가는 중이고 충분히 많이 벌잖아. 그러니까 누나 몫까지 빼앗을 일은 없을 거야."

"…너 그 말 진심이야?"

태주는 대답 대신 그녀를 다시 폭 안아 줬다.

꼬장꼬장 신경질을 부려도 살점 하나 잡히지 않는 바짝 마른 그녀의 몸을 안고 있으려니, 감정이 복받쳤다.

얄미운 그녀지만 입장을 바꿔 놓고 생각해 봤다.

어린 여자애가 아무리 못된 짓을 했다손 쳐도 초등학생을 미국까지 보낸 것은 무책임한 행동이었다.

늘 꼴깍꼴깍거리는 아들이 안쓰럽고 우선순위였다고 해도, 그녀의 입장에서 보면 부모에게 버림을 받은 느낌이었을 것이다.

"더도 말고 약물 의존부터 치료해."

"완치되면?"

"누나가 하고 싶은 사업을 할 수 있게 내가 도와줄게."

"네가?"

"아버지도 설득할게. 그러니까 일단 마약 중독이라는 꼬리표부터 떼어 내. 그게 누나의 새로운 시작점이 될 거야."

"새로운 시작?"

태희가 그 표현에 감정적인 동요를 보였다.

그래서 태주도 내친김에 자신의 변화에 대해 언급했다. 정확히 교통사고를 언급하며 죽음의 문턱에서 돌아왔을 때의 기억을 끄집어냈다.

한 번뿐인 이 삶을 제대로 살아야겠다는 결심을 하게 되었으며 그전의 삶은 누가 봐도 밑바닥이었다고 자백했다.

3년이 지난 지금, 자신이 어떻게 변했는지 보라고 말했다.

"누나도 나랑 같은 피를 지녔잖아."

"같은 피?"

"우린 서로 세상에 하나뿐인 피붙이야. 이전에 내가 어떻게 했는지는 잊고 앞으로 벌어질 일만 생각하자."

"……."

태희는 진심이냐고 다시 묻고 싶어 했다.

그만큼 큰 심경의 변화를 겪고 있다는 건데, 쉽게 되묻지는 못했다. 다만 생각이 많아진 것은 분명한 사실이었다.

누가 뭐라든지 스스로 정리하고 방향을 정할 필요가 있어 그녀에게는 시간이 필요하다는 생각이 들었다.

어떠한 형태로든 도움을 주고 싶지만 마음과 달리 방도를 찾을 수 없었다. 다행이라면 면회실을 나서는 그녀에게서 느껴지는 기운이 들어올 때처럼 사납고 날카롭지는 않다는 점이었다.

"나도 들어갈 걸 그랬나?"

"아니야. 독이 바짝 올랐더라고."

"그러면 대화가 잘 안 된 거야?"

"모르겠어. 하지만 최선을 다했으니까 변하면 좋겠네."

"마약 중독. 그거 쉬운 거 아니잖아. 친구들이 문제인 것 같던데?"

"뭘 들었든 모른 척해. 그게 무서운 시누이를 피하는 안전한 길이니까."

"치! 내가 그렇게 만만한 여잔 아니거든!"

태주는 이 대리에게 태희를 살펴달라는 당부를 했다.

임 팀장과 긴밀히 협력하고 추가 인력이 필요하다면 아낌없이 쓰라는 주문도 했다.

태희 주변 인물들을 체크하고 암 덩어리 같은 존재가 없는지 확인할 필요를 느꼈기 때문이다.

어려서 유학을 갔지만 함께 어울린 인간들이 대부분 가진 집 자제였고, 끼리끼리 모여 망가졌을 가능성이 높아 주변을 정리해 주는 것이 필요하다고 판단한 것이다.

"문 회장님은 어디 계시지?"

"안나?"

"강화도에 계세요."

임 팀장은 알지 못했다.

마틴에 대한 정보를 수집하는 것이 껄끄러웠고 상도도 건드리지 말라는 지시가 있었기 때문이다.

다행히 안나는 소재를 파악하고 있었는데, 무엇을 하고 있는지는 알지 못했다.

하지만 어렴풋이 짐작되는 바가 있었다.

그래서 사흘을 쉰 태주는 임 팀장과 함께 강화도로 향했다.

"전등사에 묵고 계시는데, 어제 마니산에 올라 아직 내려오지 않으셨답니다."

"그럼 우리도 마니산으로 가죠."

역사에 대한 지식이 얄팍한 태주도 마니산에 대해 안다.

산정에 단군왕검이 하늘에 제사를 지내기 위해 마련했다는 참성단이 있으며, 지금도 개천절이면 제례를 올리는 곳이다.

해발 472m의 그리 높지 않은 산이지만 백두와 한라의 중간에 위치해 지리적인, 역사적인 상징성을 지닌 것이다.

그런데 산세가 보이는 곳에 다다르자 가슴이 뛰었다.

'뭐지? 왜 온몸의 감각이 곤두서는 거야?'

신비한 경험이었다.

자연의 기운이 풍부한 곳에 가면 초감각의 발현이 용이하다. 하지만 지금처럼 심장이 날뛰는 경험은 없는데, 기이했다.

어떤 일이 벌어질지 몰라 산을 오르는 발걸음이 조심스러울 정도였다. 다행히 임 팀장과 안나가 따라붙고 있어 걱정스럽지는 않았으나 기대 못지않은 불안감이 느껴진 것도 사실이었다.

"보스. 어딘지 확인은 하고 가셔야 하지 않을까요?"

"걱정 마십시오. 정확히 감지되고 있습니다."

"문 회장님과 텔레파시라도 통하는 겁니까?"

태주는 대답은 않고 씩 웃었다.

그렇다고 해도 이상하지 않을 강한 확신이 들었기 때문이다. 산길은 험하지 않았으나 지루할 만큼 길었다.

그러나 산정이 다가올수록 지치기는커녕 온몸에 힘이 솟았다. 이런 곳에 골프 코스를 만들면 하루 18언더도 칠 수있을 것만 같았다.

"멈추세요!"

"어? 내가 누군지 모릅니까?"

"압니다. 하지만 회장님께 보고 드리고 허락을 받은 뒤에들어가셔야 합니다."

"기다리죠. 흐흐."

참성단일 거라고 예측했다.

하지만 건너편 봉우리였다.

거의 도착했다는 느낌을 받았는데, 계곡에 들어서는 순간좌우에서 2명의 경호원이 튀어나왔다.

뒤따르던 임 팀장과 안나도 즉각 좌우를 방위했으나 이내서로 인사를 건넸다.

익히 알고 있는 한 팀이었던 것이다.

그런데 마틴이 누구보다 신뢰하는 태주가 왔음에도 길을
막았다. 그들로서는 지시를 어길 수 없었기 때문이었다.

그런데 대기하는 시간이 생각보다 길었다.

연락은 취했지만, 안에서 허가가 떨어지질 않았기 때문이다.

골프의 신이 강림했다

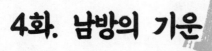

4화. 남방의 기운

골드의 삶이 강렬했다

"안 되겠네요. 저 들어갑니다!"

"TJ!"

"안에서 심상치 않은 일이 벌어지고 있어서 그럽니다. 추후 책임은 제가 다 질 테니 물러서십시오."

다른 사람의 귀에는 들리지 않는 소리를 감지했다.

그건 답답한 신음 소리였으며 한두 사람이 내는 소리도 아니었다. 계곡 안쪽에서 무언가 심각한 상황이 벌어지고 있다는 판단을 내렸기에 무리수를 두지 않을 수 없었다.

경호원들도 그냥 물러서진 않았다.

임 팀장이 나섰고 안나도 어쩔 수 없이 움직여야만 했다.

쿵! 쿵!

순식간에 경호원들을 제압해 기절시켰다.

크게 반항하지 않은 걸 보면 그들도 명분이 필요했던 듯.

미처 그들이 쓰러지기도 전에 계곡 속으로 빨려들 듯 사라지는 이가 있었다. 김태주, 인간이 아닌 것 같았다.

감각을 극한까지 끌어올린 현상은 상상하던 것 이상이었다.

'웬 초막?'

'저기로군!'

계곡 입구에 경호원 둘만 세웠을 리는 만무하다.

아니나 다를까, 태주가 쏜살같이 초막으로 다가가자 앞을 가로막는 이들이 사방에서 나타났다. 대체 어디에 숨었다 나타났는지 모르겠으나 평범하지 않은 기운이 물씬 풍겼다.

다행이라면 그들도 태주를 아는 눈치라는 거였다.

"멈추십시오!"

"초막 안에서 심각한 상황이 벌어지고 있습니다."

"알고 있습니다. 아무도 들이지 말라는 전언이 있으셨기 때문에 저희로서는 명을 따를 수밖에 없습니다."

"일가 넷이 모두 저 안에 들어갔나요?"

"초대받은 다른 두 분도 함께 계십니다."

"대체 뭘 하느라고…."

근접 경호를 맡은 이들은 측근 중의 측근들이었다.

하지만 그들도 초막 안에서 이뤄지는 일에 대해서는 알지 못하는 눈치였다. 생각보다 침착한 것을 보면 이게 처음은 아닌 듯하여 태주도 마음을 가라앉혀야 했다.

그래도 답답하긴 매일반이었는데, 반가운 음성이 들렸다.

"TJ."

"헬렌. 대체 뭘 하는 겁니까?"

"이 안에 들어오고 싶으세요?"

"궁금하긴 해요."

서로를 향해 다가서고 있었기 때문에 땀이 흥건한 그녀의 모습을 볼 수 있었다. 왠지 섹시해 보였다.

그녀가 야한 복장을 하고 있는 것도 아니었다.

그저 화사한 연분홍 블라우스에 베이지색 바지를 입고 있을 뿐인데, 어딘가 지쳐 보이는 안색이 블라우스와 같은 붉은 빛깔을 띠고 있어 엉뚱한 상상을 하게 만들었다.

타고난 미모 때문일지도 모른다.

"그럼 같이 들어가요."

헬렌이 느닷없이 태주의 팔짱을 꼈다.

좀처럼 무리한 행동은 하지 않던 그녀였기에 움찔, 조심스러우면서도 거부하진 않았다.

그녀가 기력이 다한 듯 지친 기색이 역력했기 때문이다.

초막은 동굴의 입구를 가린 것에 불과했다.

안으로 들어서자 어두컴컴했다. 곧 시력이 적응했지만, 발걸음을 떼는 것이 조심스러울 수밖에 없었다.

"이게 다 뭡니까?"

"제(祭)를 올리는 중이에요. 그동안 수련에 소홀했던 오라버니들이 혼나는 시간이기도 하죠."

더 이상 물을 수 없었다.

조촐한 제사상이 차려진 가운데 가장 앞에 앉은 마틴은 물론 그 뒤에 앉은 두 명의 아들도 제정신이 아닌 듯 무아지경에 빠져 있었기 때문이다.

노파 둘이 두 아들의 뒤에 앉아 도움을 주는 것 같았는데, 이 모든 광경이 굉장히 낯설면서도 거부감은 일지 않았다.

헬렌도 그들 뒤에 좌정하고 눈을 감았다. 그전에 자신의 옆에 앉으라는 제스처를 취했는데, 따르지 않을 도리가 없었다.

'남의 제사에 내가 왜 끼어들어서….'

섣부른 행동이었다는 결론을 내릴 수밖에 없었다. 그저 끌리는 대로 행했을 뿐인데, 남의 집 제사에 참석하게 되었다.

하지만 태주도 이내 눈을 감고 조용히 명상에 들었다.

그래야만 할 것 같은 느낌대로 실천했는데, 나쁘지 않았다. 마음이 평온해지고 잊거나 복잡하게 생각하던 일들이 보

다 명확해지며 어떻게 대처하는 것이 좋을지 결론이 내려졌
다.

마치 두뇌가 활성화되어 현명해지는 것 같은 느낌을 지울
수 없었다. 매우 유익한 시간이었기에 추후 명상을 자주 해
야겠다는 생각도 했다.

그때, 다시 비명에 가까운 외침이 귀청을 파고들었다.

"으아아악! 아버지! 전 그만, 그만두고 싶습니다."

"이놈! 네놈이 정녕 죽고 싶은 게냐?"

"도저히 더는 못 버티겠습니다!"

"더 정신을 집중하고 접신(接神)하여 스스로 마음의 평온을
얻어야만 해. 그게 무서워 도망치면 네놈은 미쳐 버린다는
걸 모르는 게냐!"

"아버지…."

동굴에 들어간 뒤로는 아까와 같은 신음 소리가 없었다.

본인이 신묘한 이 상황을 한껏 만끽하고 있었기에 방금 전
의 기억은 다 잊었는데 다시 발작을 일으키는 자가 나왔다.

문 회장의 차남 길버트였다.

올해 33세인 막내 헬렌과는 나이 차이가 상당했다. 사십
대 후반인 그는 점잖은 서구 신사와 같은 품위를 보였었다.

하지만 부친이 바라는 바에는 한참 모자란 행태를 보였고
급기야 뒤로 자빠져 발버둥을 쳐 당황스럽게 만들었다.

"이런 못난 놈!"

결국 문 회장이 그에게 다가가 일으켜 앉혔다.

다행히 길버트는 위험한 고비를 간신히 넘긴 것 같았다.

상황이 어찌 돌아가는지 파악하지 못하고 있는 그때, 옆에 앉아 있던 장남 문상호가 갑자기 뒤로 발라당 넘어졌다.

그를 돕고 있던 노파도 함께 쓰러졌다.

길버트보다 더 위험한 상황을 맞이한 것으로 보였다.

상황 파악이 안 된 태주가 손 쓸 도리도 없어 당황해할 때, 문 회장과 눈이 마주쳤다.

"김 프로. 자네가 좀 도와줘야 할 것 같아."

"어떻게 말입니까?"

"상호를 붙잡아 주게. 그냥 몸에 손만 대도 될 걸세."

"일단 해 보겠습니다."

헬렌도 눈을 떴지만 당황하긴 마찬가지였다.

마틴의 부탁을 받은 태주는 곧장 문상호에게로 다가가 그를 일으켜 앉혔다. 놀라운 것은 그의 몸에 손을 대는 순간부터 자신의 몸에서 뭔가가 빠져나가는 것 같은 느낌을 받았다.

그게 자신에게 해가 된다는 느낌이 있었으나 당장 숨이 넘어갈 것 같은 문 회장의 장남을 내버려 둘 수는 없었다.

"으음…. 고맙습니다. TJ."

"정신이 좀 드십니까?"

"네. 이제 괜찮아졌으니 그만 저를 놔주셔도 됩니다."

"아닙니다. 하던 일 계속하십시오. 저는 괜찮으니까."

처음에는 매우 당황스러웠다.

기이한 환청에 이어 믿기 힘든 환각이 보였기 때문이다.

가슴을 진동시키는 묘한 울음소리와 함께 영험한 기운을 사방에 흩뿌리는 그 존재는 붉은 봉황에 가까웠다.

현존하는 동물이 아니기에 확신할 수는 없지만 사신(청룡, 백호, 주작, 현무) 중에서 하나인 주작(朱雀)이 아닐까 싶었다.

흥미로운 것은 그런 기준에서 보자면 문 회장 주변을 감싸고도는 뱀인지, 거북인지 모를 동물은 현무(玄武)였다.

"김 프로!"

"……."

"그만두거라. 내가 네게 바랐던 천기가 스스로 그에게 머물고 있음이니."

"그럼 저는 이제 해방이 된 겁니까?"

"그렇다고 볼 수도 있지. 하지만 다른 의미로 본다면 넌 이제 저 친구의 종이 된 게야. 네놈의 생사여탈권이 오로지 그에게 달려 있으니."

"아! 전 만족합니다."

"허! 못난 놈 같으니라고!"

문 회장의 탄식이 깊었다.

자식들 중에서 자신의 뒤를 이을 기재가 나오기를 빌었다.

그 가능성이 가장 높은 두 아들과 막내딸을 데려와 접신의 제를 올렸는데, 헬렌은 아예 시도조차 되지 않았다.

그러나 두 아들은 가능성이 높아 보였다.

둘 중에 한 명이라도 영험한 존재를 받아들이길 원했는데, 실패하고 말았다.

엉뚱하게도 손님이 그중에 하나를 받아들여 장남을 잃지 않게 된 점은 감사한 일이나, 아쉬움을 감출 수는 없었다.

"다들 나가 있거라!"

"네."

"잠깐! 헬렌은 남거라."

두 아들과 노파들을 다 내보냈으나 헬렌은 남겼다.

태주는 무아지경에 빠져 아무것도 인지하지 못하고 있는 상황이었다. 그 상태를 명확히 알고 있는 문 회장이 잠시 숨을 고르더니 딸에게 은밀한 지시를 내렸다.

그 내용을 접한 헬렌의 얼굴이 붉어졌다.

하지만 냉정한 톤으로 끝까지 설명을 아끼지 않은 문 회장은 말을 마치자마자 서둘러 동굴을 벗어났다.

대략 30여 분이 흘렀다. 태주가 제정신을 차릴 때까지.

'아빠가 시켜서 하긴 했지만 이게 과연 옳은 일일까?'

'이 사람은 어떻게 받아들일까?'

"으음…. 헬렌. 이게 대체 어떻게 된 겁니까?"

"아! 정신이 드세요?"

"네. 제가 이 와중에 한가롭게 잠을 잤던 겁니까?"

헬렌의 얼굴에 안도의 빛이 스쳐 갔다.

눈을 뜬 태주가 아무것도 모르는 눈치였기 때문이다.

그런 헬렌의 마음과는 달리 눈을 뜬 태주의 눈에 세상이 달라 보였다. 뭐라고 딱 꼬집어 말하긴 어렵지만, 한결 깊어 진 눈빛에는 여유가 넘쳐흘렀다.

자신의 몸에서 환한 기운이 몽실몽실 퍼져 나와 어두컴컴 한 주변을 밝히고 있다는 것도 모르는 것 같았다.

하지만 헬렌의 눈에 비친 그 후광은 영롱하게 빛났다.

'우우…. 눈이 부셔!'

"헬렌. 다 어딜 갔습니까?"

"밖에서 기다리고 있을 거예요."

"어이가 없네요. 어떻게 이 중요한 순간에 잠이 든 건지. 덕분에 좋은 꿈을 꾸긴 했지만."

헬렌은 차마 묻지 못했다.

그 좋다는 꿈이 무엇인지.

조마조마한 눈길을 피할 수밖에 없었는데, 벌떡 일어선 태주가 앞장서서 동굴을 나서기 시작했다.

그때서야 헬렌은 부친이 전하라고 했던 말이 기억났다.

"아빠가 그러시는데, 이제 당신이 우리 가문의 후계자가 되셨다고 하셨어요."

"그게 무슨 말입니까. 피 한 방울 섞이지 않은 제가 왜?"

"영험한 기운을 받아들이셨잖아요. 큰오빠를 대신해서."

"그, 그게 그렇게 되는 겁니까?"

당황스러웠으나 뚜렷한 기억이 있어 뭐라고 대꾸하기 어려웠다. 자신은 위기에 빠진 문상호를 도와줬을 뿐이다.

하지만 그 과정에서 주작으로 보이는 존재가 흩뿌린 영험한 기운을 접하게 되었고 자연스럽게 받아들였다.

그로 인해 어떤 결과가 나올지 생각해 본 적도 없다.

다만 그게 자신이 아닌 문상호의 몫이었다는 말에 당혹스러울 뿐이었다. 그걸 자신이 가로챈 셈이었으니.

밖으로 나왔지만 마틴과 그 아들들은 보이지 않았다.

"존. 아버님은요?"

"어제 주무셨던 암자로 오라고 하셨습니다."

"아! 무상암(無想庵)이요?"

"네. TJ도 함께 데려오라고 하셨습니다."

"그럼 앞장서세요."

마치 도살장에 끌려가는 기분이랄까?

후계자가 되었다는 말은 대박이 터졌다는 의미다.

실제 얼마나 큰 권한이 주워질지는 모르겠으나 마틴 문이 이룬 부와 권력은 전통과 역사를 자랑하는 재벌, 게리 가문에 비해서도 결코 뒤지지 않는다고 들었다.

글로벌 스포츠 베팅업체인 킹스드래프트(KDT)와 둘째가라면 서러워할 2개의 초대형 에어전시 회사는 대외적인 이미지일 뿐, 최근 다양한 분야에 자금을 투자했으며 특히 미국을 대표하는 방산기업의 최대주주이기도 하다.

"뭔 생각을 그리 깊이 하세요?"

"헬렌. 잠깐만 쉬었다 가죠."

"궁금한 게 있군요?"

"궁금하다기보다…. 제 머리가 복잡해서 그럽니다."

"뭐든 물어봐도 되는데…."

궁금했으나 차마 그 내용을 입 밖에 내진 못했다.

설사 기대 이상의 뭔가를 주겠다고 해도 그걸 덥석 받을 수는 없다는 생각이 앞섰기 때문이다.

실제 상도가 물려줄 유산도 상당한데, 그것에 대한 미련도 없던 자신이 왜 이런 욕심이 앞서는 것인지 알 길이 없었다.

거의 본능에 가까운 촉이 발동한 것 같은데, 문 회장이 이룬 부와 권력이 겉으로 보던 것과는 판이하게 다를지도 모른다는 생각이 들었기 때문이었다.

어찌 되었든 과욕을 부릴 생각은 버렸다.

"어서 오시게."

"이게 어찌 된 일입니까?"

"약해빠져서 그러지. 자넨 괜찮은가?"

"네. 외람되게도 전 기운이 넘칩니다."

"허허허! 그래야지. 남방의 기운을 모두 얻었는데!"

남방의 기운이라니?

묻고 싶었으나 입을 열진 않았다.

그렇게 한가한 대화를 주고받을 상황이 아니었기 때문이다.

아까 위험한 고비를 넘겼던 그의 두 아들이 죽은 듯이 쓰러져 있었다.

그 와중에도 웃고 있는 마틴을 보면 걱정하지 않아도 될 것 같았으나 그래도 그 분위기에 동조할 수는 없었다.

헬렌도 오빠들의 상태를 확인하느라 여념이 없었기에.

"제가 혹시 도움이 될 수 있겠습니까?"

"이렇게 와준 것만으로도 충분하이. 자네가 없었더라면 저 녀석은 주작의 기운에 잡아먹혔을 걸세."

"주작이라는 것이 붉은 봉황, 그걸 이르는 겁니까?"

"오호! 남방의 수호신인 주작(朱雀)은 주오(朱鳥), 적오(赤鳥)로 불리기도 하지. 붉은 새를 총칭하며 그 모습이 마치 봉황

과 유사하다고 하던데, 현신한 그 기운을 접한 게 분명하
군!"

마틴의 말을 부정할 수 없었다.

그렇다고 무조건 동의하기도 어려운 것이 가시적인 변화
를 느꼈지만 그걸 표현할 길이 없었기 때문이다.

그가 약간의 설명을 더했다.

남방의 칠수(七宿) 중에서 귀(鬼)의 성좌(星座)가 태주와 맞
닿아 있다는 말에 가슴이 진동했는데, 그가 무엇을 어디까지
알고 있는지 궁금할 따름이었다.

그러다 뜬금없는 말을 꺼내 당황스러웠다.

"내가 자넬 좋아하고 아끼는 거 알지?"

"물론입니다. 늘 감사한 마음을 가지고 있습니다."

"그렇다면 자네도 날 좀 도와줄 수 있겠나?"

"기꺼이 그래야 한다고 생각합니다. 다만 그럴 능력이 닿
을지 의심스러울 뿐이죠."

"허허허! 그런 마음이라면 하등 걱정할 게 없지. 자넨 내
집안에 차고 넘치는 귀인일세. 암, 그렇고말고!"

남방의 기운이라?

이미 초감각을 지닌 태주는 세상 두려울 것이 없었다.

그런데 뜻하지 않은 시점에, 그것도 한국 땅 강화도에서
마틴 일가와 얽히며 주작의 기운이라는 것을 얻었다.

그게 자신의 삶에 어떤 영향을 미칠지 감도 잡기 어려웠으나 든든한 후원군인 마틴 일가와 더 밀접한 관계가 된 것은 분명했다.

'이게 다 그의 의도였을지도….'

그게 좀 찜찜했다.

애초 한국행은 계획에 없었다. 때문에 그가 아들 둘을 데리고 한국까지 날아온 것도 우연이라고 생각할 수밖에 없다.

하지만 결과만 놓고 본다면 이건 우연이 아닌 필연이라는 느낌이 강했다. 처음부터 이런 인연으로 얽힐 수밖에 없었음을 그는 알고 있었다는 생각이 강했다.

두 아들이 몸져누웠음에도 만족스러운 그의 미소가 못내 잊히지가 않았기 때문이다.

"무슨 일이 있었는지 여쭤도 되겠습니까?"

"팀장님이 봐도 분위기가 이전과 많이 달라 보이셨습니까?"

"네. 안나에게 들었는데, 이제 보스를 위한 호위전단이 배정될 겁니다."

"전단(戰團)이요? 군대도 아니고 그 무슨…."

얼핏 헬렌에게 들었던 기억이 떠올랐다.

마틴 일가는 다양한 사업을 운용하지만, 보안과 경호는 모두 DDT(다크드래프트)에서 관장하고 있다고 했다.

거기엔 4개의 조직이 존재하는데, 그 각각을 전단이라고 부르는 것 같았다. 그중에 타이거 전단 소속 1개 팀이 태주의 경호에 추가 투입되었다는 말을 들었다.

일일이 확인하진 않았지만 부팀장인 안나의 능력이 탁월하고 대략 확인된 경호 인력만 십여 명이다.

"12명으로 구성된 4개 팀과 특급요원이 둘로 구성되었다고 들었습니다."

"부담스럽게…."

이미 경호는 차고 넘친다.

그런데도 인력을 배정한다는 말은 그에 상응하는 역할이 있다는 말로 들렸다.

그래서 사양해야겠다는 결론을 내렸다.

당장 일어날 일은 아니었기에 차후 헬렌을 만나면 자신의 뜻을 전달하기로 하고 강화도를 벗어났다.

한국에 온 이유는 아내와 단란한 시간을 보내기 위해서였기 때문에 평범한 일상을 즐겼다. 같이 쇼핑도 하고 바람도 쐬러 다녔다.

다만 자신을 알아보는 이들이 많아 불편했다.

"우리 이제 그만 연습하자."

"연습? 골프?"

"응. 네가 일주일이나 클럽을 손에서 놓는 게 영 불안해. 이전 같으면 상상도 할 수 없는 일이잖아."

"하하하. 그런가? 하지만 걱정하지 않아도 돼."

"아니야. 그건 네 생각이고 아저씨가 보면 뭐라고 하실지 생각해 보니까 이건 좀 심하다 싶어. 나도 필드가 편하고 그립거든."

"다행이다. 난 네가 이제 클럽을 쥐고 싶지 않으면 어쩌나 싶었는데."

"그럴 수는 없지. 일단 출산이 가장 중요하지만 나도 내 꿈을 위해 최선을 다하고 싶어. 운동을 꾸준히 하는 것이 출산에도 도움이 된다잖아."

참으로 다행이었다.

유라가 내조에 힘을 쏟겠다는 것은 고마운 일이지만 그녀가 흘린 땀이 무용지물이 되는 것은 태주도 바라는 바가 아니었다.

출산과 아이 교육은 그 무엇과도 바꿀 수 없는 중대사다. 그런 인식만 확실하다면 함께 향하던 길을 중도에 멈추지 않는 것이 좋다고 생각했다.

그래서 오랜만에 포레스트 CC를 찾았다. 그립던 TS 아카데미에 도착했으나 훈련을 재개하기 전에 들를 곳이 있었다.

"선생님. 저희 왔어요."

"……."

"태주가 요즘 얼마나 대단한지 아세요? 이번에 US 오픈도 먹었어요. 골프 지존이라는 찬사를 받는다니까요!"

"쑥스럽게 왜 그래. 다 알고 계실 텐데."

"아저씨도 얼마나 기뻐하시겠어. 이럴 때는 마음껏 자랑해도 돼. 그죠, 아저씨!"

태주는 담담했으나 유라는 울컥했는지 눈물을 훔쳤다.

가지고 간 술을 따라 절을 올렸고 주변에 뿌려 드렸다. 영혼은 이어졌지만 육신은 이미 흙이 되어 흩어졌을 것이다.

사람이 죽으면 아무것도 아니라는 허망함에 가슴이 먹먹해졌다. 못 이룬 골프의 꿈, 다시 피기 시작한 아카데미도 다 키우기 전에 스러지고 말았다.

만약 자신이 태주의 몸에 빙의하지 못했다면 태식도, 태주도 사람들의 기억에서 서서히 소멸되었을 것이다.

'나의 빙의는 이태식과 김태주의 꿈을 모두 다 담고 있지!'

'그 어느 하나 소홀히 하면 안 돼!'

신경을 쓰지 않은 것은 아니다.

하지만 보다 많은 비중을 든 것은 태식이 이루지 못한 골프의 꿈이다. 그게 상도를 비롯한 태주의 꿈이기도 하지만 엄밀히 말하면 자신의 바람을 우선시해 왔던 것이 사실이다.

다행히 그 과정에서 서먹했던 가족이 뭉치게 되었다.

그러나 아직 남은 숙제가 있었다.

다른 것들은 어찌 되든 상관없지만, 핏줄인 태희가 가족들과 스스럼없이 어울리게 만드는 것은 놓칠 수 없는 숙제였다.

'내가 그동안 너무 옹졸하게 생각했어.'

'진즉에 보듬을 생각을 했어야 하는데….'

주변을 돌아볼 겨를이 없었다.

일단 자신부터 똑바로 서야 했기 때문이다.

하지만 급한 마음에 세심하게 살피지 못했고 태희에게는 반감마저 가지고 매섭게 몰아붙이기도 했다.

그게 다 못된 태희의 몫이라고만 생각했는데, 병원에 강제 입원해 있는 모습을 보고는 깨달았다.

이 매듭을 풀 사람은 자신뿐이라는 것을.

"다들 수고가 많으십니다."

"시즌 중에 이렇게 우리 아카데미를 찾아줘 정말 고마워. 자네가 여기 온 것만으로도 큰 보탬이 될 거야. 하하하."

"일주일가량 훈련도 하고 라운드도 나갈 생각입니다. 아카데미 일정에 따르기 힘들 것 같은데, 양해 좀 해 주십시오."

"그걸 말이라고 하나! 감히 누가 지존의 훈련에 감 놔라 배 놔라 할 수 있겠어. 아무 걱정하지 말고 편한 대로 해."

포천 TS 아카데미 원장 이병두는 상도의 사람이었다.

이전 같으면 거부감부터 생겼을 것이나 그가 아카데미를 운영하는 방식은 태식이 하던 그대로 따라 하고 있었다.

상도의 지도에 따른 것이라지만 나름 정성을 다하고 있다는 보고를 받고 있었기에 좋은 관계를 유지하기로 했다.

어차피 이곳보다는 태국 카오야이 아카데미를 중심으로 돌아가고 있기 때문에 제 사람만 활용할 수는 없었다.

"와아! 그냥 가볍게 쳐도 300야드는 그냥 넘어가잖아!"

"너 지난주에 TJ가 450야드 날리는 거 못 봤어? 나도 저 스윙을 그대로 따라 할 거야."

"으흐! 어느 세월에! 만식이 넌 이제 200야드도 겨우 넘기잖아. 코치님이 그러시는데, 저런 장타 때리려면 체력훈련을 열심히 해야 한다는데, 너 그거 제일 싫어하잖아."

"아냐. 오늘부터는 정말 열심히 할 거야. 까무러치더라도!"

골프 꿈나무 꼬맹이들이 우르르 몰려와 태주와 유라의 훈련을 훔쳐봤다. 얼마나 시끄러운지 모를 수 없지만 모른 척했다.

과거 자신들도 어렸을 때, 유명한 프로가 와서 훈련을 하면 저렇게 몰래 구경했던 기억이 생생했기 때문이다.

오늘도 똑같았다.

저러다 코치에게 걸려 혼쭐이 날 것이다.

하지만 좋은 스윙을 보는 것만큼 큰 도움이 되는 것도 없기에 태주는 시간을 쪼개 아이들의 스윙을 봐줬다.

"등산에 취미가 있는 줄은 몰랐어."

"너도 같이 갈래? 오늘은 이동 근처 백운산을 가 볼 건데."

"이동갈비면 모를까, 난 몸이 무거워서 참을래."

"그럼 저녁에 갈비 먹으러 가자. 늦지 않게 돌아올게."

일찍 일어나 오전 내내 훈련에 매진했다.

하지만 점심을 먹고 난 뒤에는 인근 산을 찾았다.

일전에 카오야이 국립공원에서도, 강화도 마니산에서도 느꼈던 바, 자연의 기운이 풍성한 산에 오르면 몸이 가벼웠다.

등산이 근력을 키우는 데 좋기도 하지만 훈련에 매진하느라 소모된 진력을 보충하는 데 산을 찾는 것만큼 좋은 게 없었다.

'초감각을 단련하는 데도 산이 최고거든!'

덕분에 임 팀장과 안나가 고생하지만 어쩔 수 없었다.

산정에 올라 명상을 하다 보니 도인이라도 된 것처럼 마음이 여유롭고 너그러워졌으며 절정이라고 여겼던 자신의 초감각이 아직은 개발의 여지가 많다는 것도 알게 되었다.

이러다 우화등선이라도 하는 거 아닐까, 그런 의심이 들 정도로 산에 거하는 시간이 편안하고 좋았다.

유라가 은근히 염려할 지경에 이르자 태주는 짐을 싸기 시작했다. 드디어 디 오픈이 열흘 앞으로 다가왔기 때문이다.

"가는 길에 태국에 며칠 들를 생각입니다."

"폰이 보고 싶은 거지?"

"폰도 보고 쏨땀이 먹고 싶어서요. 흐흐흐."

"난 똠양꿍."

"그 시큼한 게 뭐가 좋다고. 이번에 가면 아카데미 식구들과 돼지 한 마리 잡아야겠습니다."

"통돼지 바비큐? 그거 좋지. 우와, 벌써 침 넘어가네."

가족들과 모처럼 단란한 시간을 보냈다.

하지만 디 오픈 출전을 위해 훌훌 털고 일어날 수밖에 없었다. 훈련을 게을리하진 않았지만 잘 먹고 잘 자다 보니 한국 땅을 떠나는 발길이 못내 무거웠다.

몰래 빠져나가려고 했으나 그도 실패했다.

헬렌 일행은 떠난 지 오래되었으나 그녀가 태주의 고국인 한국에는 현지 에이전시를 둬 전담시키는 것이 좋다고 판단해 계약을 맺었는데, 그 에이전시들이 나서서 출국 인터뷰를 진행하게 되었다.

"김 프로님. 어서 오세요."

"오랜만입니다. 서 과장님."

"그러게요. 자주 찾아뵈어야 하는데, 갈 때마다 산에 가셨다고 해서 오늘에야 겨우 만났네요. 이게 오늘 기자들의 예상 질문지에요."

"예상 질문지요? 이대로 진행하는 겁니까?"

"네. 불필요한 논란이 생기면 곤란하잖아요. 적어도 한국 언론은 프로님 편이 되어야 한다고 제가 설득했어요."

"좋네요. 하하하!"

한 번 쭉 읽어 봤는데, 별 내용은 없었다.

몇 가지 눈에 띄는 질문이 있었으나 평소 생각대로 말하면 되는 것이라 판단해 부담 없이 기자들 앞에 서게 되었다.

이전에 귀국했을 때, 한 번 선 적이 있지만 그때와 지금은 위상 자체가 달랐다. 회견장에 발을 디디는 순간, 눈이 부실 정도로 많은 카메라 플레시가 동시에 터졌다.

전 세계 골프 팬들이 가장 보고 싶고 궁금해하는 뉴스가 TJ KIM에 대한 것인데, 한국에 있을 동안 내내 잠잠했었다.

그 와중에 첫발을 한국 언론이 터트리게 되어 인터뷰 룸의 분위기는 다소 흥분된 듯 들떠 있었다.

- 오랜만에 고국에서 보름 가까이 쉬셨는데, 어떠셨습니까?

"더없이 좋았죠. 사랑하는 가족들과 모처럼 단출한 시간을 보낼 수 있어 너무 좋았습니다."

- 아내이신 고 프로의 출산 소식도 있던데, 축하드립니다. 역대 부부 동반 첫 우승의 2세가 태어나는 셈인데, 그 아이도 골프를 시키실 생각이십니까?

"아이고! 그걸 제가 어찌 장담할 수 있겠습니까. 저도 어릴 적에 부모님 속을 엄청 썩였던 문제아였습니다. 그런 아들일 것 같으면 만사 제치고 붙들고 있어야 할 텐데, 걱정입니다."

 - 그렇다면 사모님을 닮은 예쁜 여자아이를 기대해 보겠습니다. 김 프로님도 딸이 더 좋다는 말씀이시죠?

시시껄렁한 주변 잡기를 주고받아도 분위기는 좋았다.

연승에 대한 각오를 재차 밝히는 것에도 기자들이 똘똘 뭉쳐 응원을 보내 줘 역시 고국은 다르다는 생각을 들게 했다.

하지만 다소 껄끄러운 질문도 이어졌다.

그 첫 화제는 골프 클럽 제조에 관한 질문이었다.

생각은 많지만 이번 여정에서는 관여하지 않았다. 결코 가벼운 사안이 아니기에 오프시즌에 작정하고 달려드는 것이 낫다고 판단했기 때문이다.

 - 다양한 부분에서 한국산 제품들이 인기를 구가하고 있는데, 골프용품은 아직도 일본 의존도가 높아 김 프로님이

준비하시는 클럽에 대한 기대가 대단합니다. 상용화된 제품은 언제쯤 보게 될까요?

"내년 봄에는 만나실 수 있을 겁니다. 제가 사용하는 아이언이 그 증거가 될 수 있다고 여겨지며, 프로들을 위한 제품과 일반 아마추어 상급자들을 위한 제품 라인업을 선보일 계획입니다."

- 요즘 골프 붐이 굉장해 인기 많은 제품은 예매를 해도 몇 달씩 기다려야 한다고 합니다. 하루빨리 TSJ가 출시되길 기대해 보겠습니다.

"기대에 부응하도록 최선을 다하겠습니다."

이어진 질문은 예상에 없던 것이었다.

태주로서는 손해 볼 것이 없는 내용이지만 워낙 민감한 사안인지라 입을 여는 것이 쉽지 않았다.

하지만 아무 의견도 내지 않는 것 또한 타당하지 않다고 판단한 태주는 선수들의 약물 투약과 관련된 자신의 생각을 여과 없이 쏟아냈다.

- 도핑 테스트의 무용론이 대두되고 있습니다. 김 프로님도 골프계는 정말 청정 지역이라고 생각하십니까?

"공개된 자료를 부정하는 것은 바람직하지 않습니다. 신뢰와 존중을 보이는 것은 당연한데, 골프계만 떳떳하다고 말하는 것은 섣부른 판단이라고 생각합니다. 단 두 번 진행했을 뿐이며 불법적인 시도를 근절하기 위해서는 여타 종목처럼 상시적인 테스트를 시행해 이 부분에서 떳떳하다는 것을 보다 확실하게 밝힐 필요가 있다고 생각합니다."

- 테스트 범위가 지나치게 협소하고 체계적이지 못하다는 비판에 동의하시는 거군요?

"그런 의견이 있습니까? 그렇다면 더더욱 명확히 해야겠죠. 제이 모나한 커미셔너가 현명한 판단을 내리리라 믿어 의심치 않습니다."

태주의 이 대답은 굉장한 파장을 불러 왔다.

실제 시행했던 2번의 테스트에서 양성이 나온 선수는 없다. 고로 거추장스럽게 그런 걸 왜 하느냐는 의견이 중론이었다.

하지만 태주가 섣부른 판단이라고 말한 순간, 지각이 변동되는 것과 같은 거대한 담론이 일기 시작했다.

일개 선수가 평가할 사안이 아니라는 의견도 있었으나 중요한 것은 골프 팬들의 뜨거운 반응이었다.

떳떳하게, 명확하게 하자는데 뭐가 문제냐는 것이었다.

태주의 인터뷰가 전 세계 언론에 도배된 지 1시간 뒤에,

PGA 사무국의 공식 입장이 나왔다.

[PGA 산하 모든 대회에 도핑 테스트를 시행한다]

[매일 출전 선수의 10%를 랜덤하게 추출해 경기 전후에 검사를 실시하며 결선 라운드 톱10 플레이어는 의무적으로 포함된다. 부작용을 막기 위해 연속 검사는 자제한다]

[이 규정은 보다 깨끗한 투어 운영을 위한 결단이며 모든 의문이 사라지고 필요성이 없다고 판단될 때까지 유효하다]

커미셔너가 직접 발표했다.

약물은 스포츠계에서 근절되어야 할 치명적인 흠이기 때문이었다. 전설로 불리던 자들 중에서 추후 약물 복용이 발각되어 나락으로 떨어진 자들이 수두룩하다.

스타에 열광하는 이유는 그들이 인간의 한계를 뚫기 위해 피땀 흘려 노력하고 험난한 도전을 이어 나갔기 때문이다.

그런데 그게 약물의 도움이었다면 그 가치가 반감하며 오히려 비난의 대상이 되고 만다. 그 종목 전체 인기에 악영향을 미치는 것도 당연하다.

"너무 큰 건을 건드렸나?"

"아주 민감한 문제지. 근데 소문이 흉흉하던 선수들이 다 피해 갔잖아. 벌크 업을 했던 선수들도 음성이 나왔다면 문제가 심각한 건 아니지 않나?"

"두고 보면 알게 될 겁니다."

"뭔가가 있다는 거야?"

증거도 없이 함부로 말하긴 어려웠다.

그 대상이 설사 홍 프로라도.

그러나 태주는 확신하고 있었다.

검사 방식에 문제가 있거나 누군가 비호한다는 것을.

하지만 검사가 정기적으로 이뤄지고, 보다 체계적인 방식이 도입되면 어디에선가 터질 것이라고 봤다.

"오빠!"

"폰. 공항까지 뭐 하러 나왔어?"

"보고 싶어서 나왔죠. 기껏 시간 내서 나왔는데, 이렇게 구박하면 너무 서운한데!"

"내가 좀 심했나?"

"네! 그러니까 저 삼겹살 사 주세요. 방콕에 나온 김에 쇼핑도 하고 싶어요. 사 주실 거죠?"

"그러지 뭐."

폰이 평소와 다른 행동을 보였다.

그사이 주변에 무슨 일이 생겼나 싶었다.

이것저것 물었더니 그렇지는 않다고 말했다.

하기야 하고 싶은 것도, 갖고 싶은 것도 많은 낭랑 18세다.

오히려 지금까지 묵묵히 제 할 일만 해 왔던 것이 이상한 일이며, 오늘 보니 이제 소녀 태를 많이 벗은 것 같았다.

고른 옷들도 하나같이 아슬아슬했다.

"그건 안 돼!"

"왜요?"

"허벅지가 다 드러나잖아."

"치! 허벅지가 왜요! 이건 그냥 야하게 보일 뿐, 안에 바지를 입는 거라서 괜찮아요. 유라 언니도 이런 숏 스커트 좋아하는데 왜 나한테만 그래요!"

"넌 아직 미성년자잖아. 그런 거 살 거면 결재 안 해 줄 거니까 적당히 알아서 골라."

"으! 저 아저씨 정말!"

예뻤다.

피부가 동남아 특유의 구릿빛이라서 그렇지, 늘씬한 몸매에 보석처럼 빛나는 오목조목한 이목구비는 어디에 내놔도 뒤지지 않는 미모였다.

아빠 눈에 어쩔 수 없다고 생각할지 모르지만 어려서, 젊어서 넘쳐나는 활기와 밝은 성격은 홍 프로도 인정했다.

너무 예쁜 아이라고.

"거리가 부족하다고 생각하는 거야?"

"네. 요즘 여자 투어도 300야드 시대에 접어들었잖아요.

오빠의 US 오픈 18번 홀 티샷을 보고 깨달았어요."

"뭘?"

"일단 장타 능력은 갖추고 봐야 한다는 거요."

"넌 아직 신체 스펙이 완성되지 않았잖아. 절정에 다다를 때까지는 무리하지 말고 현재 스펙에 맞는 스윙을 해야지."

"뭐라고요? 오빠는 제가 아직은 성숙하지 못하다고 생각하는 건가요?"

비행으로 인한 피로를 감안해 훈련은 하지 않았지만 폰의 스윙을 봐줄 수는 있었다.

그런데 녀석이 뜬금없이 강한 스윙만 휘둘렀다.

대충 왜 그런지 설명을 듣긴 했지만 태주는 폰이 아직은 풀 파워를 낼 수 있는 시기는 아니라고 판단했다.

하지만 발끈한 폰은 그 판단에 적극 반발했다. 다 좋은데, 성숙하다면서 제 가슴을 두 손으로 모아 보이는 것은 차마 바라볼 수가 없었다.

"야! 너 지금 뭐하는 거야?"

"봐요! 내 발육 상태가 얼마나 좋은지. 주변에 저보다 가슴 큰 애가 없어요. 그리고…. 아야!"

결국 태주에게 딱밤을 맞고 말았다.

들이댈 게 따로 있지, 제 손으로 윤곽을 잡은 가슴을 보여주며 다가오다니!

이건 대범한 것과는 다른 행위였다.

녀석을 여자로 보지 않는다는 것을 서로가 인정하지만 아무리 그래도 너무 철없는 행동이었다.

그래서 따끔하게 꾸짖었다.

"하라는 체력 단련은 소홀히 하고 대체 무슨 욕심을 부리는 거야! 가슴 큰 거와 근력이 최대치까지 올라온 게 무슨 상관관계가 있는데!"

"저 이제 170cm, 55kg이에요. 이만하면 누구와 견줘도 뒤지지 않는 몸이라고요!"

"넌 175cm 이상 클 거야. 그리고 체중도 60kg은 되게 만들어야지. 그것도 체지방 하나 없이 완벽한 근육으로!"

"저 체력 단련 소홀히 한 적 없어요. 10개월 동안 5cm나 컸고요. 더 클 수 있다고 생각하지만 지금은 지금에 맞는 최대 파워를 내고 싶단 말이에요. 도와주진 못할망정 구박은!"

유라도 늦진 않았다.

다만 아이를 낳고 내조를 하다 보면 전력을 다하긴 어려울 것이다. 그러나 폰은 늦게 시작했는데도 천부적인 재능을 보였다.

녀석이라면 자기 못지않은 전설을 써 내려갈 수 있을 것이라고 믿어 의심치 않았다.

그런데 부쩍 서두른다는 느낌을 받았다.

경력과 나이를 고려하면 아직은 갈 길이 먼데, 상황을 너무 가볍게 보고 있는 건 아닌지 긱정스러웠다.

"야! 어디 가?"

대답도 하지 않고 삐쳐서 가 버렸으나 잡지 못했다.

그럴수록 더 따끔하게 혼내야 한다는 것을 알지만 차마 그러지 못했다. 곁에서 하나하나 챙겨 주지도 못하면서 오랜만에 만난 자신이 기만 꺾어 놓은 것 같아 마음이 편치 않았다.

하지만 그 또한 스스로 극복해야 할 문제라고 판단했다.

그런데 다음 날 새벽, 아카데미 학생 몇몇이 분주하게 짐을 싸서 어디론가 출발하는 광경을 보게 되었다.

그중에 폰도 섞여 있었다.

"오 코치님. 쟤들 어디 가는 겁니까?"

"아! 대회가 있어. 타이 아마추어 선수권. 우리 애들 중에 6명이나 출전 자격을 얻었거든."

"폰도 가는 겁니까?"

"응. 오늘 내일 36홀로 치러지는 대회야."

"대회 장소가 어딘데요?"

"카빈부리 CC. 가까워. 1시간 반 정도 걸리나?"

오늘 대회에 나가는 걸 알았다면 어제 더 살뜰히 봐줬을 텐데, 초장에 다투는 바람에 말할 타이밍을 놓친 것 같았다.

아카데미에 머물 때는 늘 새벽에 나타나 러닝부터 함께하던 폰이 오늘은 코빼기도 보이지 않았던 이유가 밝혀졌다.

일단은 태주도 못 본 척했다.

카빈부리는 태국에서 가장 전장이 긴 코스로, 한국 프로들과 지망생들이 동계 훈련을 하러 자주 오는 곳이다.

태주도 구석구석 잘 알고 있는 코스였다.

"훈련해야 하지만 폰 라운드를 구경 가는 것도 재밌겠다."

"어제 보셨잖아요. 고집 세게 부리는 거."

"흐흐. 귀엽던데? 너니까 그런 거지, 다른 코치들한테는 절대 그럴 아이가 아니잖아. 너도 다 받아 줬고."

"너무 겁이 없어서 걱정입니다."

"누굴 닮았겠어! 너나 폰이나 똑같아."

"그 녀석이 가슴을 잡고 막 들이대는 거 못 보셨어요?"

"그건 널 남자로 보지 않고 가족으로 본다는 거잖아. 좀 망측하긴 했지만 친오빠라고 생각하니까 그럴 수 있었다고 봐. 그리고 폰 그렇게 쉬운 애 아니야."

홍 프로는 태주가 미처 알지 못하는 얘기도 해 줬다.

한때 아카데미 학생 중에 좋아하던 오빠가 있었으나 그것도 잠깐, 이성에 한눈을 파는 아이가 아니라고 했다.

오로지 공부와 훈련, 하다못해 여자애들끼리 모여 수다를 떠는 것도 멀리해 왕따를 당하지 않을까 걱정했다고 한다.

되레 태주보고 색안경을 끼지 말고 보라는 홍 프로의 말에
뜨끔했다.

"누가 뭐랩니까!"

* * *

"왜 저렇게 시끄럽지?"

"TJ가 왔나 봐! 우린 아카데미에서 자주 볼 수 있으니까
큰 감동이 없지만 다른 애들이나 팬들은 다시 오지 않을 기
회라고 생각할 거 아냐!"

"귀찮게⋯."

태주가 카빈부리에 나타난 시간은 9시였다.

아침식사를 하고 바로 뒤따라온 것이다.

1시간 후면 샷 건 방식으로 90명의 선수들이 일제히 라운
드를 시작하고, 식전 행사가 잠시 열리기 때문에 선수들은
마지막 샷 점검을 위해 여념이 없는 시간이었다.

그런데 연습장 옆에 위치한 클럽하우스가 난리가 났다.

아마추어 대회지만 엄격한 출전 자격을 부여받은 프로 지
망생들 위주로 열리기 때문에 기자들도 와 있었다.

그런데 세계 골프계에서 가장 핫한 프로인 TJ KIM이 현
장에 나타났으니 난리가 날 수밖에.

"폰. 다 모이래."

"행사는 무슨! 선수는 실력으로 말하면 그만인데, 번거롭게 뭐 하는 짓인지…."

식전 행사는 주최 측 대표의 인사말과 주의사항을 전달하는 요식 행위에 불과하다.

하지만 오늘은 길어졌다.

TJ KIM의 인사 순서가 잡혔기 때문이었다.

다들 환호성을 질러 댔다.

왜냐면 태주가 유창한 태국어로 인사말을 했기 때문이었다.

국적이 한국인 것은 알지만 태국어까지 유창하게 구사할 줄은 기대하지 않았기 때문이었다.

그러니 선수들도 난리가 날 수밖에.

"프로님이 이리로 오셔! 우리를 격려하시려는 것 같아."

TS 아카데미는 태국에서도 이미 유명했다.

태주가 소속된 팀이라고 소개되어 각국에서 프로 지망생들이 몰려들고 있었으며, 최근 소속 선수들이 아마추어 대회를 휩쓸고 있는 것도 사실이었다.

전용 비행기로 입국해 태주가 태국에 있다는 것도 몰랐다.

그런데 아마추어 선수권 대회에 느닷없이 나타나 아카데미 소속 선수들을 격려했으니 어깨에 뽕이 솟을 수밖에 없었다.

"폰. 캐디는 구했어?"

"하우스 캐디 쓰기로 했어요. 설마?"

"내가 메도 될까?"

"저, 정말이에요?"

"너도 내 백 메 줬잖아."

"씨! 미치겠다!"

폰도 태주의 캐디를 봤었다.

그러니 폰의 캐디를 봐줄 수도 있다.

하지만 태주가 어디 보통 선수여야지, 현재 최고의 인기를 구가하는 투어프로가 태국 아마추어 대회에 캐디로 나선다는 것은 상상도 하지 못할 일이었다.

삐쳤던 폰의 얼굴이 환해진 것은 당연했다.

캐디 가디건을 입고 백을 멘 태주가 폰과 함께 스타트 홀로 이동을 하자 또다시 소란스러워졌다.

"일정한 거리를 유지해 주십시오."

"더 이상 다가오시면 안 됩니다."

임 팀장과 안나가 바빠졌다.

홍 프로도 그냥 둬서는 안 되겠다고 판단해 대회위원회로 달려갔다. 전담 경기 요원을 요청하기 위해서였다.

취재하러 온 모든 기자들이 따라붙었고 시간이 지나면 더 많아질 것이 분명했으며 갤러리들도 다 폰의 조에 몰려 경기에 지장을 줄 게 뻔했기 때문이었다.

그 요청은 받아들여졌으며 아마추어 대회에서는 볼 수 없는 접근 금지 라인이 쳐졌다.

"하필 첫 홀이 파 3네! 183야드면 짧지 않은 홀이네."

"오빠. 이 코스에 대해 알긴 하는 거죠?"

"대충."

"뭐예요! 대충 알면서 제 백을 메겠다고 한 거예요?"

"크! 미리 얘길 했으면 살펴봤을 텐데, 말을 안 해 줬잖아."

"핑계는!"

할 말을 잃게 만들었다.

쌍수를 들고 감사를 표할 줄 알았는데, 보복을 당하는 느낌이 들었다. 하지만 틀리지 않은 말이었다.

애초 이곳에 올 때만 해도 캐디를 봐주겠다는 생각이 없었다. 하지만 열렬히 환영하는 팬들과 어린 선수들의 눈빛을 마주하곤 폰에게 힘을 실어 주고 싶었다.

자랑스러운 오빠로.

하지만 그건 보기 좋게 빗나가기 시작했다.

"5번 아이언 주세요."

"5번?"

"제 거리를 알긴 해요?"

"전에는 알았지. 하지만 거리가 늘었을 것 같은데?"

"하우스 캐디랑 뭐가 다른 건데요? 기도나 하세요."

"헐!"

폰은 183야드를 5번 아이언으로 공략했다.

나름 컨트롤 샷을 한 것 같은데, 터무니없이 짧았다.

그린 앞에 페어웨이에 떨어진 타구가 크게 바운드되었으나 그린에는 미치지 못하고 에이프런에 멈췄다.

"5번 풀 샷 거리가 얼마야?"

"190야드요."

"꽤 나가네? 그런데 지금 샷을 보면 190은 미치지 못하는 것 같아. 185에 맞추는 게 적절할 것 같아."

"한 번만 봐도 다 안다는 건가요? 지존이니까?"

"알았어. 좀 더 두고 볼게."

타이 아마추어 선수권은 여자 선수 이틀, 남자 선수 이틀로 치러지는데, 대회 운영 방식이 매우 독특했다.

90명의 선수가 한 조에 5명씩 배정되어 샷 건 방식으로 치러지며 54명 이내의 선수만 둘째 날 결선 라운드에 진출해 순위를 가린다.

때문에 캐디까지 합하면 무려 10명이 함께 움직였다.

정신이 없을 수밖에 없었다.

게다가 프로 지망생이라지만 필요 이상으로 긴장한 일부

선수는 어림도 없는 미스 샷을 범해 시간이 지체되곤 했다.

"타이 타임이로군!"

"일반적이진 않죠. 하지만 전 익숙해요. 특히 그린에 올라가면 정신이 하나도 없을 테니까 공이나 잘 닦아 주세요."

"헉!"

일부러 그러는 것 같았다.

얄미워 죽을 지경이었으나 그래도 재미있었다.

풋풋한 아이들의 스윙과 경기 운영을 보고 있노라니, 옛날 생각이 났기 때문이다.

물론 자신은 주변을 돌아볼 여유가 없었다.

한 샷 한 샷 너무 진지하게 치느라 마음의 여유가 전혀 없었다. 그렇다 보니 실수를 하나 범하면 우르르 무너졌었다.

'기술적으로는 부족하지 않았어. 하지만 굳건한 줄 알았던 정신력은 허약하기 그지없었지!'

'왜 그렇게 성공에 집착했을까? 그것만이 살길이라고 생각했기 때문일까?'

'조금만, 조금만 더 여유가 있었더라면….'

코치들이 그런 조언을 하지 않은 것도 아니다.

하지만 당시의 태식은 성공에 대한 과도한 집착을 보였다. 한 발이라도 물러서면 끝장이라는 생각에 사로잡혀 오히려 가진 능력을 십분 발휘하지 못했었다.

그랬던 자신에 비하면 폰은 여유가 철철 흘러넘쳤다. 온 그린을 하지 못했는데도 초조하거나 조바심을 내지도 않았다.

만약 자신도 과거에 폰처럼 넉넉한 가슴을 지녔더라면 많은 것이 달라졌을지도 모른다는 생각이 들었다.

골프의 신이 강림했다

5화. 선수끼리

골프의 신이 강림했다

"봐요! 물에 빠뜨리는 녀석도 있잖아요."

"네 기준이 거기에 머문다면 더는 할 말이 없지."

"첫 홀이라서 힘 빼고 친 거예요. 선수끼리 왜 이래요!"

"큭! 너랑 나랑 '선수끼리'라는 표현이 가능하다고 보는 거야? 귀엽긴!"

"캐디 아저씨가 선수의 신경을 건드리면 안 되죠."

"알았다. 크크."

에이프런에서 14야드 퍼팅을 했다.

폰은 역시 과감했다.

홀컵을 지나지 않고는 공이 들어갈 수 없다는 진리를 몸소 보여 줬다. 그건 좋은데, 2야드 이상 멀어지자 불안했다.

실패할 가능성이 꽤나 높은 거리였는데, 폰은 이번에도 과감하게 밀어 쳐 파를 적어 냈다.

"표정이 왜 그래요?"

"내가 뭘?"

"제 퍼팅이 불안해 보인 거죠?"

"아니야. 시원시원하고 좋네!"

"퍼팅은 별로 걱정하지 않아요. 전 떠는 법이 없거든요. 하지만 티샷은 요즘 스프레이처럼 퍼져요."

"힘 빼고 방향만 신경 쓰면 되지 않나?"

"240야드. 이제 정말 지겹거든요."

실제 그 장면을 보여 줬다.

힘을 빼고 차분하게 쳤더니 정확히 237야드가 나왔다.

살짝 오르막인 홀이라서 런이 적었다.

페어웨이 정중앙을 잘 지켰고 남은 거리도 100야드 안팎, 하지만 폰은 못내 아쉬운 표정을 감추지 못했다.

동반자 넷의 티샷을 살펴봤는데, 그중에 둘은 폰보다 더 멀리 보냈다. 물론 매번 방향을 지킨다는 보장은 없지만, 장타자가 즐비한 태국 여자 골프의 흐름을 보는 것만 같았다.

"네가 뭘 걱정하는지 알겠어."

"패티 타와타나낏을 보세요. 키가 168로 저보다 작아요.

그런데도 평균 드라이빙 비거리가 320야드를 넘긴다고요!"

"차이가 크긴 하네. 하지만 걔 뒤태 본 적 있어?"

"봤죠. 수도 없이. 그런 장타를 때리는데도 몸매가 훌륭하잖아요."

"내가 보라는 것은 몸매가 아니고 든든한 하체의 균형이야. 거기에 완벽한 스윙 리듬이 더해지기 때문에 강력한 파워가 나오는 거지."

"저도 그런 샷을 때리고 싶단 말이에요."

"너보다 10kg은 더 나갈걸? 그게 다 스윙에 필요한 근육이라는 걸 간과하면 안 돼."

"전 아직 멀었다는 건가요?"

간절함이 보였다.

세계적인 장타자로 인정받는 자신을 보고 무조건 따라 하려는 것으로 봤는데, 그건 아니었다.

실전에서 확실한 변별력을 가지기 위해서는 지금보다 훨씬 나은 스윙 스피드가 필요하다고 판단했던 것이다.

폰이 비록 천부적인 재능과 성실한 태도를 지녔지만 운동을 시작한 기간이 짧았다. 10개월 남짓한 경력으로 지금 같은 샷의 일관성을 확보한 것만 봐도 대단했다.

그런데도 심한 갈증을 느끼고 있었다.

"트레이닝 단계를 조정해 보자."

"어느 거로요?"

"M2로. 그게 만만한 것 같아도 실제 훈련을 해 보면 하늘이 노랗게 보이고 입술이 바짝바짝 탈 거야."

"힘든 건 상관없어요. 그 정도 각오도 없이 고개를 쳐든 건 아니거든요."

M으로 시작하는 트레이닝 방식은 남자에게 적용하는 프로그램이다. 여고생이고 아직 경력이 일천한 폰은 현재 W2를 진행하고 있었다.

본인은 한 단계 더 높은 레벨로 이동을 원했으나 아직 성장의 여지가 많다는 판단하에 코치들이 허락하지 않았다.

때문에 일단은 W3으로 넘어가는 것이 적절했다.

그것만으로도 훈련의 강도가 확 높아져 버거울 텐데, 태주는 아예 M 시리즈로 전환할 것을 권했다.

"내가 직접 최 선생님한테 말씀을 드리고 정기적으로 점검할 거야. 나중에 딴소리 하면 안 돼?"

"흐히! 당연하죠. 근데 M 시리즈는 남자 지망생들을 위한 프로그램 아닌가요?"

"패티나 아리야 주타누간처럼 치고 싶다면서?"

"네!"

"한 번 경험해 봐. 얻은 것이 있는 만큼 잃는 것도 있을 거야. 중요한 것은 웬만해서는 효과가 나오지 않을 텐데, 겨울까지 긴 호흡으로 차분하게 넘어 봐."

"역시 우리 오빠가 최고네. 근데 오빠는 몇 단계까지 거친 거죠?"

"M6."

"네에? 교본에는 M5까지밖에 없던데…."

당연하다.

M6는 육신을 지닌 인간이 도달하긴 버거운 꿈의 경지였다.

태주도 군 생활 포함 3년에 걸쳐 어렵게 이룬 단계였다.

매일 정해진 훈련을 성실하게 소화하는 이유도 그 강건함을 잃지 않기 위한 노력의 일환일 뿐이었다.

남에게 권할 수 없는 프로그램이라고 판단해 아예 훈련프로그램에 포함시키지도 않았다.

"여하튼 정교한 샷을 놓치면 아무 소용이 없어. 네가 장타가 필요할 만큼 일관성 높은 샷을 가졌음을 내게 보여줘 봐."

"크! 별걱정을 다 해!"

"이 교만한 태도는 대체 누구한테 배운 거야!"

"뭘 물어요. 거울 보는 것 같아요?"

"뭐?"

확실히 일관성은 떨어졌다.

하지만 그건 본인이 PGA 무대에 적응했기 때문이고 또래 아이들과 경쟁하는 이 무대에서만큼은 유아독존 급이었다.

안정된 티샷에 정교하고 자신감 넘치는 아이언샷으로 동반자들의 기부터 죽였다.

파이팅도 얼마나 좋은지, 굿 샷이 터지면 방방 뜨며 소릴 질러 댔다. 참으로 독특한 캐릭터였는데, 그게 먹힌다는 사실이 더 놀라웠다.

"스톱!"

"왜요?"

"급해. 심호흡하고 다시 루틴을 밟아."

"아재!"

"야! 너 이 녀석!"

장난도 서슴지 않았다.

8번 홀에서 출발해 11개 홀을 마쳤는데, 스코어는 꼴랑 1언더였다. 수많은 기회를 날려 버리고도 어떻게 저리 밝게 웃을 수 있는지 이해할 수 없었다.

하지만 그 이유는 명확했다.

언더파는 오로지 녀석 한 명뿐이었기 때문이다.

전장이 길고 까다롭기로 유명한 카빈부리에서 열리는 대회이고 여고생들이 펼치는 경기라는 것을 깜빡했기 때문이었다.

"저 바보 같은 것들!"

"폰. 그러는 거 아니야. 오죽하면 저렇게 울겠어."

"평소 훈련이나 열심히 하지. 미스 샷을 한 건 자신인데, 그걸 왜 부정하냐고요. 저런 애들이랑 경기해야 하는 제가 불쌍한 거 아닌가요?"

"그래도 적당히 해야지. 그리고 2언더가 뭐냐? 목표 없어?"

입술을 삐죽 내민 폰은 우승할 자신이 있는 것 같았다.

하지만 상대 평가에 자신이 있을 뿐, 정작 매 라운드마다 자기 목표는 없었던 것 같았다.

홀 난이도와 녀석의 기량을 감안하면 적어도 −5는 칠 수 있을 것 같은데, 끝내 목표는 입 밖에 내지 않았다.

영악하게도.

그래서 당근을 내밀었다.

"나 스코틀랜드 가는 거 알지?"

"알죠. 세상에서 가장 오래된 골프 대회, 디 오픈 너무 보고 싶어요."

"그럼 −10을 쳐. 그럼 데려갈게."

"-10요?"

이미. 11개 홀을 지나 왔다.

2라운드 36홀로 치러지는 대회이기 때문에 현재 −1인 것을 고려하면 산술적으로는 −3을 기대할 수 있다.

조금 더 선방해도 −5를 넘기긴 쉽지 않을 것 같은데, 별 고민도 하지 않은 녀석이 고개를 끄덕였다.

하지만 당근만 있으면 곤란하지.

"못 치면?"

"뭐든 얘기해 보세요."

"자신 있다 이거지? 그럼 매일 아침 나한테 안부 인사하기. 1년 동안."

"좋아요. 까짓거."

사심이 가득한 요구였다.

다 큰 딸에게 매일 인사를 받는 아빠가 어디 있을까?

하지만 폰은 너무 가벼운 채찍이라고 여기는 것 같았다.

지금도 사나흘에 한 번은 연락을 하고 있다.

너무 자주 해 오히려 일상에 방해가 될까 염려하는 것이지, 폰은 태주를 자신의 가장 소중한 사람이라고 여겼다.

그 마음을 헤아리지 못하는 오빠가 답답할 뿐.

"너 뭐 하나?"

"저 호수를 넘기려고요."

"순수 캐리만 225야드를 넘겨야 하는데?"

"껌이죠!"

지금까지 폰은 8번의 드라이브 티샷을 했다.

정확하게 페어웨이를 지켰던 그 샷들은 대개 240야드 안팎이었다. 태주로 하여금 훈련 프로그램을 바꾸게 만들기에 충분한 짧은 비거리를 보여 줬다.

그런데 파5, 18번 홀에서 느닷없이 호수를 넘기는 샷을 쏘겠다고 나서서 어이가 없었다. 지금까지 보여 준 드라이브 티샷의 캐리는 대략 215야드 안팎이었기 때문이다.

"아니! 저 녀석이!"

조금 더 강하게 때리긴 했다.

또한 의도치 않은 훅이 걸려 감겼다.

문제는 호수를 넘겨 안전한 거리를 확보했다는 점이었다. 애초에 260야드 이상 충분히 때릴 수 있다는 의미였다.

그리곤 천연덕스럽게 말했다.

"봐요. 이번에는 감겼잖아요. 전 똑바로 치고 싶었는데!"

"거리는 더 보낼 수 있는데, 컨트롤이 안 된다는 거야?"

"아까도 말했잖아요. 스프레이를 쏜다고. 쥐어짜면 280야드 정도는 언제든 보낼 수 있어요."

"하기야 그게 자연스러운 거지."

폰은 나이에 비해 체격이 매우 좋은 편이다.

특히 태국 여성들이 자신의 힘을 효과적으로 쓰는 경향을 보여 유난히 폰만 비거리가 짧다는 의심을 했었다.

그런데 그 의심은 사실이었다. 녀석은 또래 아이들에 비해 절대 비거리가 부족하지 않았다.

하기야 폰의 말이 엉터리는 아니었다.

방향을 종잡을 수 없는 비거리는 아무 의미가 없으니까.

그래도 괘씸한 건 어쩔 수 없었다.

"정확하게 너의 드라이브 비거리인 239야드가 남았어. 올리는 건 무리겠지?"

"오빠 의견은 어떤데요?"

비아냥댔으나 이번에도 폰의 사근사근한 음성에 녹고 말았다. 그놈의 오빠라는 호칭이 만병의 특효약이라도 되는 양 가드를 내리게 만들었다.

"3번 우드로 220야드를 때릴 수 있겠어?"

"220야드요? 좀 애매하긴 한데, 가능은 하죠."

"그럼 짧아도 좋다는 생각으로 방향만 놓치지 말고 쳐봐."

"네!"

장타자가 아니면 2온을 노리기 힘든 홀이다.

역으로 장타자라고 생각하는 수많은 선수들이 이 홀에서 타수를 잃기도 한다. 중요한 것은 미스 샷이 나더라도 망할 지점은 피해야 한다는 것이다.

좁은 입구를 제외한 사방에 5개의 깊은 벙커가 자리 잡은 이유는 주제를 모르고 덤비는 이들을 응징하기 위해서이다.

때문에 짧게 치는 한이 있어도 방향이 중요했다.

그런데.

"뭐야? 너?"

"와우! 오늘 필이 좀 온 것 같아요."

"올라갔어!"

3번 우드로 풀스윙을 해도 220야드가 고작이라고 엄살을 부렸다. 그런데 최적의 탄도를 보인 그 타구는 캐리만 219야드를 찍었다.

어쩌다 잘 맞은 결과라고는 생각되지 않는 굿 샷이었다.

요 녀석이 오빠를 가지고 노나 싶었는데, 마주친 폰의 눈빛도 흥분에 가득 차 있었다.

그러더니 폴짝 뛰어 품에 안기기까지!

"나 미쳤나 봐요!"

"너 자꾸 거짓말할래?"

"거짓말? 아니에요. 오늘 따라 왜 거리가 더 나가지? 오빠가 옆에 있어서 그런가?"

"진짜지?"

"네. 왜 제가 오빠한테 거짓말을 해요!"

집히는 게 있어 더는 다그치지 않았다.

자신이 곁에 있는 효과?

가능할 것도 같았다.

누구보다 믿고 아끼는 딸과는 이전에도 신비한 현상이 일어났었다. 녀석의 치유 능력이 그것이다.

다친 상처를 치유시키는 효과가 있다면 힘을 보태 주는 것 정도는 아무것도 아니라는 생각이 들었다.

"나 그만 내려줘요."

"어? 이게 어떻게 된 거야?"

"치! 뭔 생각을 하는데 질색하던 스킨십까지 허용하죠? 카메라가 없진 않은데?"

"그러니까! 하지만 누가 이 후진국의 아마추어 대회 소식을 보겠어. 그나저나 몇 야드나 남았을까?"

"3, 4야드? 어쩌면 붙었을지도 몰라요."

"하여간 꿈은 얼마나 야무진지!"

그렇게 폰은 매사에 긍정적이다.

그게 교만이나 낙천적인 성격으로 변하지만 않는다면 녀석의 큰 장점이라고 볼 수 있다.

다섯이나 함께 플레이를 하다 보니 기다리는 시간이 길었다. 처음에는 아주 답답했는데, 평정심을 유지하고 마인드 컨트롤을 하는 데는 좋았다.

사람마다 느끼는 바가 다르겠지만.

"오빠!"

"왜?"

"저거 봐요. 정말 붙었잖아요!"

"저걸 붙었다고 볼 수 있나? 하여간!"

5.5야드는 쉬운 거리가 아니다.

그래도 파5 홀에서 이글 찬스를 맞았으니 기뻐할 만했다.

이번 퍼팅도 과감하기 그지없었다.

정확한 라인을 타고 들어간 공이 홀컵 뒷벽을 강하게 때렸는데, 그 소리가 얼마나 큰지 심장이 멎는 줄 알았다.

툭 다시 튀어나오지 않을까 염려했지만, 홀인을 확신한 폰은 성큼성큼 걸어가 공을 꺼내더니 입까지 맞췄다.

"나이스 이글!"

"흐흐. 저 이제 3언더죠?"

"그래. 이제 7개 홀이 남았어."

"첫 홀부터라면 전 퐁당퐁당 버디를 노릴 거예요."

"골프를 입으로 치나!"

"흥! 두고 봐요."

폰은 이 코스에 대해 매우 상세히 알고 있었다.

평소 연습라운드를 자주 오던 코스이기 때문이었다.

실제 1번 홀은 매우 까다로워 2온 2퍼팅으로 파 세이브를 잡더니 2번 홀에서는 다시 공격 모드를 가동했다.

532야드 파5 홀이었는데, 이번에는 무리하지 않고 차분하게 3온 작전을 펼쳤다.

98야드 서드 샷을 핀에 쩍 붙여 진짜 버디를 작성했다.

"어째 내가 당한 느낌이 들지?"

"뭐라고요?"

"아니야. 분위기 좋네!"

8번 홀에서 출발해 17번 홀까지 −1에 불과했던 녀석이 이후 3개 홀에서 3타를 줄이며 −4로 치고 올라왔다.

마치 이럴 때를 대비해 실력을 감춰 뒀던 것처럼 기세를 떨치기 시작했는데, 그 계획이 4번 홀에서 어그러졌다.

389야드라는 거리가 부담스러웠는지 다시 한번 강한 티샷을 날렸다. 거리는 만족스러웠으나 고점에서부터 슬라이스가 먹더니 괴상하게 생긴 벙커에 잡아먹히고 말았다.

"오오! 왜 저렇게 많이 밀렸지?"

"전체적인 스윙 템포가 빨랐어. 하체가 급히 이동해 클럽 페이스가 열려 맞을 것 같으니까 막판에 확 당긴 거잖아. 밀리는 게 당연하지."

"아! 저 벙커 지랄인데…."

"쫀! 말은 예쁘게 해야지."

"지금 그게 문제예요? 저 벙커 모래가 엉망이란 말이에요. 그래도 대회 날인데, 잘 솎아 놨나 모르겠어요."

"페어웨이 벙커인데, 모래가 무슨 문제야!"

현장에 도착한 태주의 눈에도 문제가 심각했다.

벙커가 딱딱한지 런이 발생해 벙커 턱 바로 밑까지 굴러간 타구는 정상적인 샷이 불가능했다.

게다가 자세히 살펴보니 공 주변에 모래라고 보기엔 너무 굵은 돌들이 산재해 인상을 찌푸리게 만들었다.

"아! 저런 바위들은 좀 치워 주지!"

"심하네! 난 왜 저런 돌들에 대한 기억이 없지?"

"잘난 척할 때가 아니거든요! 경기위원들은 대체 뭘 하나 몰라. 저런 것 처리 안 해 주고!"

"일단 레이 업을 해야겠다. 좌측 10시 방향으로 꺼내자."

"으으…. 약 올라!"

"진정하고 확실한 스윙 플레인부터 잡아."

"넵! 피칭웨지 주세요."

폰의 예상대로 상황이 매우 좋지 못했다.

때문에 피칭웨지는 나쁘지 않은 선택이었다.

다만 시간 여유가 꽤 있었음에도 폰이 좀처럼 진정하지 못했다. 거친 콧바람을 연신 내쉬는데 태주가 다 조마조마했다.

그래도 담대한 녀석을 믿었건만.

퍽!

"으으으! 웬 뒤땅!"

아무리 안타까워도 본인만 같을까!

정상적인 샷 루틴을 밟았음에도 테이크백을 할 때부터 자세가 무너졌다. 머리가 고정되지 않고 위아래로 출렁였다.

정확한 타점이 요구되는 상황이기에 모래에 양발을 파묻고 간결한 스윙을 하면 무난한 경우였다.

멀리 보내는 것도 아니고 피칭웨지로 50, 60야드만 보내면 되는데, 그 와중에도 욕심을 부린 대가를 치렀다.

바짝 붙어 있는 또 다른 벙커에 쏙 들어가고 말았다.

"벙커 투 벙커!"

"11시 방향을 보지 말았어야 하나 봐요!"

"…다행히 이번에는 라이가 좋아. 152야드가 남았는데, 온시킬 수 있지?"

"해 볼게요."

"대답하는 목소리 봐라! 올릴 수 있지?"

"…일단 정타를 만드는 데 집중할게요."

"그런 생각이라면 지금이라도 늦지 않았어. 불안하면 잘라 가자."

"아니에요. 할 수 있어요!"

연이은 불행에 하늘 높은 줄 모르던 기세가 푹 꺾였다.

매우 낯선 광경이었는데, 태주는 더 두고 보기로 했다.

스코어가 넉넉하고 실수를 통해 배울 수 있다고 생각했다.

그런데 다음 샷도 좋지 못했다.

갑자기 몸이 굳은 듯 둔탁한 스윙에 정타는 났지만 타구가 이번에도 슬라이스가 걸리면서 그린 우측 벙커에 빠지고 말았다.

"최악이네요!"

"최악은 아니지. 도랑은 넘었잖아."

"정말 이럴 거예요?"

"너야말로 정말 이럴 거야?"

"……."

문득 자신이 캐디를 봐서 그런가 싶었다.

하우스 캐디였다면 부담이 훨씬 적었을지도 모른다. 하지만 이미 결정된 상황이 아닌가.

본인도 동의했다면 받아들이는 것이 바른 자세다.

세 번이나 벙커에 빠졌지만, 아직 파 세이브 기회는 열려 있다. 희박한 확률이지만 벙커에서 홀인을 하면 되니까.

하지만 다른 선수들이 플레이하는 동안 서서히 이동하던 폰의 표정은 좀처럼 밝아지지 않았다.

"이 홀이 어렵긴 하지만 전 버디 여러 번 했었어요."

"아직도 그 생각을 하면 어떡해. 폰. 앞에 주어진 샷만 집중해야지."

"저 너무 바보 같죠?"

"누구나 그럴 수 있어. 문제는 이런 상황을 얼마나 지혜롭게 해결하느냐는 거야. 정규 대회에서 72홀을 돌면 나라도 이런 경우가 한두 번은 와."

"그런가요?"

"응. 보기 하나 적어 낸다고 탓할 사람은 없어. 하늘이 무너지는 것도, 꿈을 접어야 하는 것도 아닌데, 왜 그렇게 자책하는 건데!"

"알았어요. 집중할게요."

말처럼 쉬운 일은 아니다.

이럴 때는 모든 사람이 자신만 보고 있다는 착각에 빠진다.

실제 유명해질수록 그 경향은 더 심해지기 때문에 강한 멘탈이야말로 강자가 되기 위한 기본 중의 기본 덕목이다.

평상시 지금보다 훨씬 강하다는 것을 인정하지만 태주가 부담스럽게 느껴지더라도 집중할 수 있어야 한다.

태주는 벙커에서 홀인을 위한 계산을 하고 있는데, 폰은 이미 결정하고 샷을 결행했다.

"나이스 아웃!"

"욕심 버리고 꺼내는 것에만 집중했어요."

"그래. 잘했어."

바짝 붙진 않았다.

하지만 3.5야드 퍼팅을 시도하는 폰의 태도는 자신만만할 때보다 더 신중해 보기 좋았다.

정확한 라인을 타고 구른 공이 홀컵 속으로 사라지자 태주
는 어퍼컷 세리머니를 선보이며 기뻐했다.

자신의 경기 때보다 더 격한 반응을 보였는데, 그 또한 TJ
KIM을 보기 위해 몰려든 팬들의 비명을 자아내게 만들었다.

"창피하게 왜 그래요. 보기잖아요."

"뭐가 창피해. 위기를 극복하고 마무리를 잘했는데. 그게
중요하지."

"아! 4번 홀에서 한 타를 까먹다니!"

"이럴 때는 무리하지 않는 게 좋아. 차분하게 기다리다가
기회가 오면 그때 목을 확 물어뜯어야지."

"바로 진격하지 않고요?"

"생각과 몸이 다를 수 있거든. 나쁜 습관은 생각보다 오래
남기 때문에 빈 스윙도 여러 번 하면서 다시 페이스를 서서
히 끌어올리는 과정을 밟는 게 좋아."

"오케이!"

폰이 자신하던 6번 홀도 오늘은 백 티에 꽂아 놔 파에 만
족해야만 했다. 결국 -3으로 첫 라운드를 마칠 수밖에 없었
다.

폰은 욕구불만이 터질 것 같은 표정을 짓고 있었으나 태주
는 자신의 이름을 연호하는 팬들에게 둘러싸여 사인을 해 주

느라 여념이 없었다.

홍 프로와 임 팀장, 안나가 경호에 어려움을 겪는 모습이
안쓰러웠으나 폰까지 불러 팬들과의 미팅을 만끽했다.

"이 녀석이 앞으로 LPGA를 휘어잡을 차세대 히어로입니
다. 미리미리 사인을 받아 두세요."

"오빠. 나 씻고 싶어."

"내가 제일 아끼는 후배이자 제자입니다. 이번 대회도 이
녀석이 우승할 겁니다."

"오빠!"

"귀찮더라도 웃으면서 성실하게 임해. 프로가 되고 싶으
면!"

"뭐야? 오빠 이런 성격 아니잖아?"

"프로니까!"

미국에서는 이 정도로 정성을 보이진 않았다.

워낙 수천 명이 몰리기 때문이기도 하지만 안전 때문에라
도 함부로 검증되지 않은 장소에 오래 머물 수 없다.

하지만 오늘은 달랐다.

딸을 위해 이 정도 서비스는 일도 아니었던 것이다.

미국 투어를 뛰고 있지만 조국을 제외한 가장 친근한 나라
가 태국이며 폰의 국적도 태국이기 때문에 자연스러운 일이
라고 생각했다.

"기자들이 인터뷰를 요청하는데, 어쩔까요?"

"내일 대회 끝나고 하겠다고 하십시오. 씻고 싶다는 폰의 성화를 더는 감당할 자신이 없어요."

"참! 보스도⋯."

"왜요?"

"아닙니다. 보스의 이런 마음을 폰이 알고 있어야 하는데⋯."

"알아요. 저 녀석이 얼마나 영악한데요. 하하하!"

태국의 더위는 상상 이상이다.

6월 초는 그나마 비가 자주 오는 시기인데, 비가 오지 않는 날 낮 시간은 찌는 듯한 더위로 가만히 앉아만 있어도 땀이 비 오듯이 쏟아진다.

그 와중에 고도의 집중력을 발휘해 정교한 샷을 해야 하기 때문에 라운드를 마치면 녹초가 되는 게 당연했다.

하지만 찬물로 후다닥 샤워를 마치고 나온 테주는 폰이 나오자마자 녀석을 데리고 연습을 시작했다.

"하체가 흔들리잖아. 그거 아주 나쁜 습관이야."

"테이크백을 할 때 왜 허리까지 쫓아서 돌아가는 건데! 더 꽉 잡아!"

"네 자신을 믿지 못할 것 같으면 헤드를 더 느리게 빼. 백스윙이 느리다고 다운블로우가 느려지는 건 아니라고 내가 몇 번이나 말해!"

"더 눌러 줘야지! 보내고자 하는 방향으로 더 끌고 나가란 말이야! 쭉!"

"오빠야! 보는 사람이 너무 많아…."

태주는 남의 시선을 의식하지 않는 게 습관처럼 굳어졌다. 이젠 어딜 가든 그러했기 때문이다.

태주가 폰의 레슨을 본격적으로 시작해 고함도 불사하자 연습장에 와 있던 수많은 선수들이 우르르 몰려와 구경했다.

폰은 그 따가운 시선을 감당하기 힘들어했으나 태주는 인정사정 봐주지 않고 몰아쳤다.

한국어가 서툴러 태국어, 영어가 막 섞여 나왔지만 프로 지망생들은 거의 다 알아들었다.

다른 사람도 아닌 세계 최고의 골퍼에게 받는 레슨이라고 생각했는지 좀처럼 자릴 뜨지 않고 쳐다봤다.

* * *

"아주 보기 좋던데?"

"뭐가? 폰이 갑자기 대회에 출전한다고 해서 구경 갔다가 도와준 것뿐이야."

"캐디 해 준 거 가지고 뭐라는 거 아냐. 여자애를 그렇게 야한 포즈로 안으면 어떡하느냐고!"

"야한 포즈?"

"기사부터 찾아봐. 그리고 난 당신 믿으니까 걱정하지 마. 다만 폰 입장도 좀 생각하란 얘기야."

"알았어. 조심할게."

찜찜하긴 했는데, 설마 그 사진이 한국 언론까지 뒤덮을 줄은 몰랐다. 유라와 통화를 마치고 바로 찾아봤다.

동의할 수밖에 없었다.

녀석이 흥분을 감추지 못하고 폴짝 안겼는데, 그 당시 태주도 격하게 맞장구를 친 것은 부정할 수 없었다.

하지만 아무리 엉겁결이었다고 해도 묘한 그림이었다. 폰의 두 팔이 태주의 목을 감싸고 있었고 태주의 두 손은 성추행 고소를 당해도 이상하지 않을 위치를 받쳐 주고 있었다.

"유라가 열 받을 만하네!"

"그럴 줄 알았어. 화 많이 내?"

"악마의 편집이네요. 이모도 그 상황이 어땠는지 알잖아요."

"알지. 우리도 그런 상황을 수없이 겪었잖아. 내가 이따가 유라랑 통화하면서 오해 없게 말해 볼게."

"그럴 필요 없습니다. 집사람이 이전과는 많이 달라졌어요. 저보다는 폰 걱정을 하더라고요. 여자애 앞길 막지 말래요."

"크크. 그럼 다행이고."

보기 좋다고 비꼬는 순간, 심장이 덜컥했었다.

또다시 불편한 관계가 형성되는 것이 두려웠다.

그런데 확실히 달라진 반응을 보여 안심할 수 있었다.

딴에는 그게 맞는 말이다.

자신은 유부남이라 어떤 소릴 듣든 개의치 않으면 그만이지만 폰의 입장은 다르다. 오누이처럼 친하다는 것을 밝혔지만 악의적인 가십거리가 될 수도 있기 때문이다.

한국에 들러 변함없는 애정을 확인하기 참 잘했다는 생각이 절로 들었다.

* * *

"뭐지? 중계차까지 온 거야?"

"오빠 때문이죠. TPGA 투어대회보다 더 많은 팬들이 몰려와 오늘은 유료입장권을 판대요!"

"어메이징 타일랜드니까! 잘됐네. 이참에 팬들에게 확실한 눈도장을 받을 수 있겠어."

"우리 아카데미요?"

"아카데미는 더 이상 유명해질 필요가 없어. 어차피 더는 학생을 받지도 못할 지경이니까. 내 말은 네가 오늘 확실한 유망주로 눈도장을 받으라는 거야."

"저 이미 유망주 1위인데요?"

"팬들이 프로 데뷔하라는 요청이 쇄도하게 만들어야지."

"아! 그게 가능해요?"

"미국도, 한국도 되는데, 태국이라고 안 되겠어?"

"그렇다면…."

폰타나의 눈빛이 초롱초롱 반짝였다.

녀석이 돈을 버는 것에 이렇게 관심이 클 줄은 몰랐다.

그 이유는 미뤄 짐작이 되지만 그 또한 동기 부여가 된다면 나쁘지 않다고 판단했다.

아리야, 자신에게는 천하에 다시없을 악녀였지만 폰에게는 엄마였다. 또한 일가친척들도 시골에서 가난에 찌든 생활을 하고 있기 때문에 돈을 벌면 도와줄 가능성이 높다.

"딸이 성공해 가족을 부양하면 동네 자랑이 되는 거지?"

"네. 진흙에서 꽃이 피는 거죠."

"오호! 그런 표현도 알아?"

"또 무시한다! 내가 공부도 누구한테 뒤지지 않거든요! 영어 배우랴, 한국어 배우랴, 골프 연습하랴, 등이 휘고 있어요."

"다 필요 없고 넌 골프만 집중하면 돼. 나머지는 궁하면

다 통하게 되는 거니까."

"그런가?"

"-7 치려면 복잡한 생각은 다 버려."

"아! 맞다. 흐흐흐."

우승은 당연시하는 것은 태주와 똑같았다.

공동 2위가 네 명인데, 그들은 폰과 4타 차 1오버파를 기록하고 있었다.

그나마 다행인 것은 결선 라운드는 3인 1조로 편성이 되었고 챔피언 조에 포함된 폰은 가장 늦게 출발한다는 것이었다.

그래서 아침에 연습할 시간이 넉넉했다.

어제 집중 훈련을 시킨 효과가 나타나고 있었다.

"거리를 다시 설정해야 할 것 같아요."

"그 정도는 아냐. 티샷은 특별한 경우가 아니라면 정확성에 중점을 두고 승부는 아이언으로 내야 해. 오늘은 제 아이언 거리를 파악했으니까 보다 정확한 정보를 줄 수 있을 거야."

"7번 아이언을 160야드로 잡는 거죠?"

"응. 70% 스윙 기준이야."

"그거 좀 신기한 것 같아요. 오빠는 그런 힘 조절이 자유자재로 돼요?"

"너도 그걸 해내야 해. 빈 스윙할 때 아무 생각 없이 휘두르지 말고 매번 조절하고 확인하는 과정을 반복해야지."

구경하는 사람은 알 수 없다.

오랫동안 호흡을 맞춰온 홍 프로도 태주의 그 능력에 대해서는 확실하게 알지 못했다. 워낙 자연스럽게 거리를 조절하는 능력을 보여 왔기 때문이다.

폰에게는 70%를 요구하지만 실제 태주는 60% 스윙을 한다. 통상 10% 단위로 조절하지만 때로는 5% 단위까지 쪼개기도 한다.

다들 풀스윙이라고 여겼던 448야드 티샷도 사실은 90% 스윙이었다. 100% 스윙을 엄두도 내지 못하는 이유는 남들에게 밝힐 수 없다.

클럽이 버텨 내지 못할 거라고 어떻게 말하나!

"나이스 샷!"

"거리 욕심만 버리면 티샷 정확도는 100%라니까요!"

"자신감을 가지는 것은 좋지만 자만하면 안 돼! 그러다 엉뚱한 샷이 나오면 몹시 당황스럽거든."

"알아요. 말은 그렇게 하지만 저도 더 집중해요. 그리고 오빠니까 이렇게 말하는 거죠. 구박은 적당히 하는 거로!"

"그게 왜 구박이야. 다 피와 살이 되는 고수의 조언이지. 너도 어제 봤지? 내 레슨을 바라보는 수많은 네 경쟁자들을."

"경쟁자는 무슨! 7번 아이언이나 주세요."

'큭!'

말 몇 마디로 태주를 무안하게 만든 폰은 우승자가 가려지는 둘째 날, 완벽에 가까운 경기력을 만방에 선보였다.

태주와 몇 차례 티격태격하긴 했으나 그럴 때마다 결국 태주의 조언을 받아들였다. 대부분 안정된 선택이었다.

그래서 더 깔끔한 노보기 플레이가 연출되었고 이글 하나 포함 버디를 6개나 잡아내며 짱짱한 8언더파를 작성했다.

그건 녀석의 실전대회 베스트 스코어였으며 안전 모드로 티샷을 이어 갔음에도 드라이빙 평균 비거리가 253야드가 나왔다는 게 더 중요했다.

"더 강하게 때리지도 않았어요. 그런데 오늘 내 드라이브 비거리가 확 늘었어요."

"왜일까?"

"고정 관념을 깨뜨린 결과 같아요."

"그렇지. 넌 이미 260야드 이상을 안전하게 보낼 수 있는 준비를 마쳤는데, 스스로 마음의 벽을 쳤던 거야. 겁을 먹었다고 보는 게 더 적절한 표현이겠지."

"이해됐어요. 항상 방향을 지키지 못할 거라는 걱정이 앞섰던 것 같아요. 마음을 편하게 먹고 집중하니까 거리는 자연스럽게 따라온 거네요."

"그 감각을 잃지 않게 더 열심히 연습해야겠지?"

"당연하죠…. 고마워요. 오빠!"

고맙다는 말이 쉬이 떨어지지 않는 것 같았다.

그만큼 격의 없는 사이가 되었다는 의미였다.

나 홀로 두 자리 언더파를 기록한 폰의 우승은 당연했다.

무려 10타 차의 압도적인 우승을 거뒀으니까.

폰을 향한 태국 골프 팬들의 지지는 태주의 인기까지 더해져 프로 못지않은 위상을 차지할 게 분명했다.

우연찮게 함께한 캐디 라운드는 그래서 더 의미가 깊었다.

이후 폰과 함께 우승 인터뷰에 나섰다.

- 태국어가 굉장히 유창하신데, 따로 배우셨습니까?

"네. 태국은 고국만큼이나 좋아하는 나라라서 짬이 날 때마다 공부했습니다. 단어는 상당히 많이 아는데, 어순이 한국어와 달라 때론 아주 웃기게 들린다고 하더군요. 널리 이해해 주시면 고맙겠습니다."

- 폰타나를 여동생이자 가장 아끼는 제자라고 소개하셨는데, 어떻게 된 관계인지 소상하게 밝힐 의향이 있으십니까?

조심스러운 질문이 푹 들어왔다.

그 질문을 던진 기자는 사전 정보가 있는 것 같았다. 떳떳하지 못할 이유가 없다고 판단한 태주는 주저하지 않았다.

설정된 그대로 밝히는 것이 폰을 위해서도 나쁘지 않다고 판단했기 때문이다.

"TS 아카데미의 이니셜인 TS는 몇 해 전 고인이 되신 제 스승님의 이름에서 따온 것입니다. 제 아버지의 둘도 없는 친구이기도 했던 그분의 딸이 바로 폰타나입니다."

- 아! 폰타나의 부친이 한국인이셨군요! 혹시 그분도 유명한 프로 골퍼셨습니까?

"안타깝게도 불의의 사고로 일찍 꿈을 접으셨습니다. 하지만 제법 유명한 프로로 인정받게 된 제 재주는 그분의 아낌없는 보살핌과 가르침에 따른 것입니다. 제가 폰의 캐디백을 메고 뭐라도 도와주려는 것도 그 은혜를 조금이나마 갚기 위한 노력의 일환이라고 보시면 됩니다."

- 아낌없는 후원을 약속하시는 거군요!

태주의 인기는 이미 최절정에 다다르고 있었다.

태국도 골프 인구가 적지 않고 최근 여자 골프계에 돌풍을 일으켜 커다란 붐이 일고 있다.

그런데 TJ KIM이 스스로 태국과의 인연을 강조하자 즐거울 수밖에 없었다. 게다가 폰타나의 성장 가능성은 태주가 장담한 대로 무한해 보였다.

기대했던 대로 지금 같은 기량이라면 프로 데뷔를 해야 하는 게 아니냐는 말까지 나왔다.

* * *

"와! 오빠처럼 성공하면 이런 비행기도 살 수 있어요?"

"이거 내 거 아니야. 에이전시에서 필요하다고 판단해 지원해 준 것일 뿐."

"여하튼 마음대로 쓸 수 있는 거잖아요. 정말 부럽다!"

"너도 할 수 있어."

"그럴까요? LPGA는 PGA 절반도 되지 않는다고 들었어요. 상금도 그렇고 팬들의 관심 크기도."

"최고는 어디든 통하는 법이야. 아직 그런 거에 신경 쓸 단계는 아니니까 네게 주어진 것이나 소홀히 하지 마."

약속대로 폰을 세인트 앤드류스로 데려가기로 했다.

그런데 돈무앙 공항에 대기하던 전용 비행기를 보자 녀석은 입맛부터 다셨다. 굉장한 재주를 보이고 있으며 그 성공을 의심치 않지만 18살 여고생이 견물생심에 빠진 모습은 고와 보이지 않았다.

어려서부터 고생한 것은 알고 있다.

하지만 자신의 삶도 비슷하지 않았던가!

그맘때 본인도 그런 생각을 했었는지 돌아봤다.

'난 그저 상도네 고급 승용차가 부러웠을 정도인데!'

'이 녀석은 도무지….'

이재에 과한 반응을 보이지만 이해할 수 있었다.

과거와 달리 지금은 모든 정보가 오픈된 세상이기 때문이다. 보고 아는 것이 많으면 그에 비례해 갖고 싶은 것도 많아지겠지.

게다가 여자아이는 또 다르다는 생각도 해야만 했다.

혹시 엇나가면 자신이 다독이고 바로 잡으면 되는 것이다.

"뭘 그렇게 빤히 쳐다봐요?"

"이뻐서."

"치! 한두 번 봐요? 유라 언니만 없었다면 제가….."

깜짝 놀랄 말에 서둘러 녀석의 입을 막았다.

상상하기도 힘든 언급이었기 때문이다.

도리어 유라를 일찍 만나 짝을 이룬 것이 다행이라는 생각도 하게 되었다.

태주가 기겁하자 녀석이 픽 웃었는데, 한참 어린 폰에게 농락을 당하는 기분이 들었다.

"그냥 벌판이잖아요. 저런 곳에 조성한 코스를 링크스라고 부르는 거죠?"

"응. 인위적인 가공을 하지 않은 가장 전통에 가까운 코스라고 봐야지."

"이 동네 환경에 따를 수밖에 없었던 거네요. 산이나 호수, 그늘을 제공하는 나무가 많은 코스가 난 더 좋은데!"

"각자가 살아온 환경이 다르니까. 그러고 보니 나도 이번 대회는 준비를 단단히 해야 할 것 같아."

"그래서 일주일 전에 도착한 거 아닌가요?"

"그건 아니야. 난 스코틀랜드에 온 김에 이곳에 있는 다양한 코스를 경험해 보고 싶어서 서둘러 온 건데?"

"그럼 저도 같이 라운드해도 되나요?"

"셋이 놀아야지. 우리 이모랑."

골프의 발상지답게 잉글랜드에는 무수히 많은 명문 코스들이 존재한다. 그걸 다 돌려면 1년도 부족할 것이다.

그래도 스코틀랜드에 위치한 이름난 코스들은 이번 기회에 꼭 경험해 보고 싶었다. 태국에 들르는 바람에 3일을 허비했지만, 대회가 개최되는 세인트 앤드류스, 로열 트룬, 뮤어 필드 등 말로만 듣던 코스들을 두루 돌 예정이었다.

다들 대회 코스와 유사한 해안가 링크스 코스이며 각각의 특색이 뚜렷해 기대가 컸다.

"TJ!"

"어? 헬렌? 왜 이렇게 일찍 온 거죠?"

"소개할 사람들이 있어서요."

"누구요?"

"일단 숙소로 이동하죠."

"그럽시다."

"어? 우리 꼬마 아가씨도 왔네요?"

"안녕하세요."

"우승 축하해요. 미래의 LPGA 여제를 점찍고 싶은데…"

역시 헬렌이었다.

태국 아마추어 선수권대회 소식까지 알고 있을 줄은 몰랐다. 안나가 보고했다고 생각했으나 사실은 관련 소식이 미국 언론에도 소개되었다.

'TJ KIM의 흥미로운 동정'이라는 기사로.

골프여제가 될 재목을 알아보고 추켜세우는 것은 좋은데, 계약을 운운하면서 태주의 눈치를 살폈다.

그게 못마땅했는지 폰은 바로 이의를 제기했다.

"오빠 눈치는 왜 봐요?"

"넌 미성년자잖아. 계약은 보호자 몫이니까."

"보호자요?"

그 대목에서 폰은 기가 팍 죽었다.

법적인 보호자는 엄마다.

하지만 그녀는 자신의 미래를 밝혀 주기엔 적절한 사람이 아니다. 그에 비해 태주는 막강한 위상을 지니고 있는 존재이기에 나서만 준다면 오히려 고마워해야 할 입장인 것이다.

그걸 깨달은 폰이 한 발 물러난 모습을 보이자 태주가 나서서 필요한 말들을 보탰다.

"헬렌. 폰은 아직 아마추어 신분입니다. 아직 갈 길이 먼데, 더 에이스에서 맡아 관리해 줄 용의가 있으십니까?"

"당신이 후원자로 나선다면 기꺼이!"

"그럼 폰과 상의해 보고 말씀드리겠습니다."

아직은 이르다는 생각이었다.

하지만 사람은 환경이 변할 때 크게 성장하기도 한다.

당장 투어를 뛰는 게 아니라면 이제부터 확실한 구상 아래 체계적으로 도전하는 것도 나쁘지 않다고 봤다.

타이거 우즈가 코치를 자처할 정도로 무한한 가능성을 지닌 폰이기에 이번 겨울을 어떻게 보내느냐가 관건이었다.

"이 저택이 제 숙소입니까?"

"네. 대회가 자주 열리는 동네라서 회사에서 아예 집을 마련해 뒀어요. 에이전시 소속 프로들도 함께 머물지만 당신 숙소는 별채로 배정해 불편하게 동선이 겹치진 않을 거예요."

"대형 에이전시답군요!"

"이번 대회에 출전하는 우리 선수가 9명인데, 이미 다 도착해 훈련을 시작했어요."

"어이쿠! 제가 가장 늦은 겁니까?"

헬렌은 빙긋이 웃었다.

누가 어떻든 상관할 바가 아니라는 투였다.

미국에서 열리는 대회는 굳이 이렇게 할 필요가 없다. 대다수 선수들의 근거지가 미국 땅에 있으며 익숙하기 때문에.

하지만 디 오픈의 경우는 매년 빠짐없이 개최되는 대회로 이 시즌이 되면 주변 도시는 축제 분위기로 바뀌며 숙식비가 천정부지로 치솟는다.

또한 교통도 원활하지 않고 보안에도 취약해 에이전시가 나서서 종합적인 관리를 해 주는 시스템이었다.

"별채는 입구가 따로 있군요! 배려에 감사드립니다. 그런데 저 사람들은 다 뭡니까?"

"아빠가 말씀하신 김 프로님 휘하 직원들이에요."

"휘하? 잠깐만요. 전 아직 그 어떤 대답도 드리지 않았는데, 왜 이렇게 서두르는 거죠?"

"아빠가 이미 결정을 내리셨으니까요. 부담스럽다면 일단 타이거 패밀리에 대한 정보부터 드릴게요."

일단 그들과의 면담을 미루고 헬렌과 대화를 나눴다.

너무 일방적인 조치라서 거부감이 컸는데, 듣다 보니 이건 정말 장난이 아니었다.

타이거 패밀리라고 지칭하는 조직은 마틴 일가의 사업 중에서 가장 민감한 방산기업 관련 일을 도맡고 있었다.

"방위산업체를 담당한다고요?"

"네. 미국 5대 방위산업체의 지분을 골고루 보유하고 있어요. 선택과 집중이 필요하다고 생각하시는데, 당신이 그 결정에 관여해 주기를 바라고 계시는 것 같아요."

"확실하지 않은 의견을 보탤 필요는 없습니다. 제가 관련된 지식이나 정보가 전혀 없는데, 참으로 황당하네요."

"필요한 내용은 학습하면 되죠. 원한다면 바로 정리해 드릴 수 있어요."

이건 너무 황당한 내용이었다.

일개 골프 선수에게 전혀 어울리지 않는 방위산업이라니!

대체 무슨 생각을 하고 있는지 가늠하기 어려웠다.

보잉, 록히드 마틴, 노스롭 그루먼을 미국의 3대 항공우주산업체라고 보며 거기에 제너럴 다이내믹스, 레이시온을 더하면 미국 군수산업체 빅5가 된다.

스스로 밀리터리 덕후라고 자부하지만 그걸 아는 사람이 없는데, 어떻게 이런 일이 벌어졌는지 납득할 수 없었다.

"조직을 받아들이면 그에 맞는 역할을 수행해야 하지 않습니까. 전 아무런 준비도 되어 있지 않고 지금 당장 눈앞에 놓인 도전도 첩첩이 쌓였는데, 대체 무슨 꿍꿍이인 거죠?"

"투어를 뛰는 것이 가장 소중한 목적이라는 거 알아요. 저도 아빠도. 하지만 타이거 패밀리가 진행하는 사업을 맡아야 할 큰오빠가 정상이 아닌 지금, 믿고 맡길 사람이 당신뿐이라고 판단하신 거죠."

"문상호. 그분에게 문제가 생겼습니까?"

억지로 떠넘긴다는 느낌이 들어 따지지 않을 수 없었다.

지금 이 상황은 도무지 받아들이기 버거웠기 때문이다.

그리고 보다 깊은 이야기들을 접하게 되었는데, 그 내용은 외부인에게 발설할 수준의 것이 아니었다.

마틴 일가가 4개의 전단을 운영하는 이유는 그들이 운영하고 있는 사업 영역이 4개였기 때문이었다.

헬렌이 베일에 가려져 있던 그 내용을 읊조리기 시작했다.

"첫 번째. 세계최대 스포츠 베팅업체인 킹스드래프트(KDT)와 언더 베팅업체인 다크드래프트(DDT)가 한 덩어리이고 토털 에이전시 기업인 더 에이스와 TSA가 또 다른 덩어리인데, 그걸 제가 맡고 있어요."

"익히 알고는 있었지만 막상 당신에게 직접 들으니 느낌이 다르군요."

"하지만 제가 맡은 부문은 전체 비중에서 10%도 되지 않아요. 두 번째 파트는 자원개발기업 라라(LALA)에요."

"거긴 중동 사태와 관련해 악명이 자자한 기업 아닙니까?"

"맞아요. 이미지 개선이 요구되는 그 파트는 먼저 한국에서 봤던 둘째 오빠 길버트와 언니 둘이 함께 맡고 있어요."

그건 전혀 예상치 못한 내용이었다.

자원개발은 물론 거래와 유통까지, 심지어 수익을 위해 국가 간 분쟁도 서슴지 않는 무자비한 기업으로 알려져 있다.

당연히 미국, 유럽의 재벌들 손아귀에 있는 줄 알았는데, 최대 주식 보유는 물론 경영권까지 쥐고 있을 줄은 몰랐다.

형제들 중에 3명이나 붙어 있을 만했다.

"세 번째는 마틴 인베스트먼트에요."

"그 마틴이 이 마틴이었습니까?"

"우연찮게도 창업자랑 아빠 이름이 같아서 주인이 바뀐 걸 모르는 사람이 많아요. 물론 다른 마틴이지만 마틴 문이 오너인 것은 부정할 수 없는 사실이죠."

"뉴욕에 본사가 있는 세계 3대 투자은행 중에 하나이고 미국 자본 시장을 대표하는 주식지표, 기타 경제지표 등을 발표하는 회사가 회장님 휘하에 있다는 것은 상상도 못 했습니다."

"거긴 제 바로 위의 오빠 소니가 담당하고 있어요."

겉으로 드러난 기업보다 숨겨진 사업이 더 어마어마했다.

라라와 마틴 인베스트먼트.

방위산업도 대단하지만, 자원과 금융 부문에 그만한 역량을 갖췄다면 문 회장은 세계 부호 순위 상위권에 있어야 옳다.

그가 얼마나 대단한 것을 일궈 왔는지 감탄이 터졌다.

기가 죽어서는 아니지만 대충 이야기를 들은 태주는 끝내 부정적인 의견을 피력했다.

"제게 방위사업은 가당치 않습니다. 감사한데, 부디 문 회장님께 제 의사를 정확히 전달해 주시기 바랍니다."

"이미 구조 개편에 돌입했어요. 당신이 손을 대지 않아도 두 명의 이사가 알아서 운용하게 될 거예요."

"어차피 주도적인 사업 주체가 아니고 주식만 운용하고 투자 자문 정도만 이뤄진다면 그럴 수도 있겠네요. 하지만 제 뜻은 이미 밝혔으니 원만한 처리를 부탁드립니다."

뱁새가 황새를 쫓아가면 가랑이 찢어진다고 하지 않던가.

그나마 상도가 운용하는 업체들은 먼 훗날 경영할 의향이 있다. 스포츠, 관광레저 쪽은 관심이 꽤 있었고 건축 분야도 못할 이유는 없다고 생각했다.

하지만 방위사업은 함부로 손댈 수 없었다.

알량한 지식도 문제지만 그 판이 워낙 불법이 판치는 부문이라서 마틴도 주식만 확보했을 뿐, 아직 본격적인 사업은 주저하고 있는 것 같았기 때문이다.

6화. 아주 매를 버는구나!

골든의 섬이 강림했다

"어찌 보면 A&D(Aerospace & Defence)가 가장 안전하고 단순한 부문이에요. 어디가 뜨고 어디가 망하든 우린 수익이 보장되는 구조거든요."

"더는 관련된 내용을 듣고 싶지 않습니다."

"일단 직원들과의 미팅을 취소하고 당신에게 일절 부담을 주지 않을 테니까 시간을 가지고 천천히 고려해 보세요."

"헬렌, 전 제 의사를 명확히 밝혔습니다. 피가 섞인 것도 아닌데, 후계 운운하신 것부터 제게는 과도한 부담입니다."

"무슨 남자가 그렇게 야망이 없죠!"

정말로 헬렌의 얼굴에 실망한 기색이 뚜렷했다.

지금껏 그녀가 보여 왔던 정중함과는 한참 동떨어진 그녀의 발끈한 태도에 태주도 신선한 충격을 받았다.

아무리 생각해 봐도 자신의 결정이 그녀를 비롯한 형제자매들에게 해가 되지 않을 텐데, 납득이 되질 않았다.

아무 말 없이 버티자 헬렌은 설명을 더 했다.

"아빠는 세속적인 인연 따위는 중시하지 않는 분이세요. 그런 것에 얽혀서는 어렵게 쌓은 탑이 쉽사리 무너질 것이고 더 나아가 패가망신하실 거라고 생각하세요."

"설사 그렇다고 한들, 저와는 무관한 일입니다."

"TJ!"

"불가근불가원(不可近不可遠). 비록 제 영혼이 회장님과 끈끈하게 얽혀 있더라도, 전 제 갈 길 가기도 바쁜 사람이라는 점을 감안해 주시기 바랍니다."

명확하게 규정할 필요를 느꼈다.

마틴의 호의를 모르는 바 아니지만 세상에 공짜는 없다.

후계 운운하며 가늠도 되지 않는 거대한 사업을 맡긴다는데, 자기 것도 아닌 것에 욕심을 부릴 이유는 없었다.

그건 너무 무모하고 과한 것들이었다.

할 말이 쌓인 것 같았으나 헬렌도 더는 다그치지 않았다. 끝내 안타까운 눈빛을 지우지 못했으나 그렇게 일단락을 지었다.

"문 회장님의 사업 영역을 접하고 깜짝 놀랐습니다."

"임 팀장님도 대화 내용을 들으셨군요."

"본의 아니게…. 그런데 왜 수용하지 않으신 겁니까? 제가 보기엔 넝쿨째 굴러온 복덩어리 같은데."

"저도 문 회장님을 믿습니다만 주제넘은 일이죠. 미국은 세계를 호령하는 절대 강자이고 그 저변을 빅 5가 떠받들고 있는 구조인데, 그들이 저따위 새파란 골프 선수가 이래라저 래라 하는 것을 받아들일 리가 없지 않습니까!"

"국적이 말하나요? 돈이 말하는 거지."

"흐흐. 그렇지만은 않을 겁니다."

더 이상의 논쟁을 피하기 위해 그렇게 마무리했다.

방위사업의 본체도 없이 투자만으로 그들을 휘어잡는 것은 불가능하다. 그 단계까지 마틴 인베스트먼트가 주도했을 텐데, 따로 분리해 전담 조직을 만든 걸 보면 문 회장이 이 사업에 얼마나 역점을 두고 있는지 짐작이 된다.

그러나 그도 결행하지 못하고 미룬 사업을 자신이라고 뾰 족한 수가 있을 리 만무하다.

누차 의향을 밝혔음에도 두 명의 이사가 인사하러 들렀다.

"A&D 수석로비스트 레오나르도입니다."

"저는 총괄전략기획이사 에드워드입니다. 에드라고 편하 게 부르셔도 됩니다. TJ."

"초대한 적도 없는데, 당신들 참 무례하군요."

저녁 식사가 차려졌다.

전담 요리사들이 준비한 푸짐한 식탁이 마련되자 태주는 홍 프로, 폰, 임 팀장, 안나와 함께 둘러앉았다.

침이 고일 음식에 서둘러 포크를 들었는데, 예정에 없던 불청객들이 방문했던 것이다.

로비스트라고 자신을 소개한 레오나르도는 사람 좋은 미소를 잃지 않는 50대 중반의 전형적인 서양 신사였고, 총괄 전략기획이사라는 복잡한 직함을 가진 에드워드는 아무리 봐도 학자나 교수처럼 보이는 고지식한 외모를 지닌 40대였다.

"무례라고 생각하셨다면 용서하십시오. 하지만 저희도 오늘 중으로 신임 보스에게 인사드려야 하는 입장이라서 더는 미룰 수가 없었습니다."

"전 이미 헬렌을 통해 제 의사를 전달했습니다."

"들었습니다. 하지만 마스터께서 다른 메시지를 내리지 않는 한, 저희는 받은 지시에 따를 수밖에 없습니다."

"TJ. 우리도 출출한데, 음식 들면서 얘기하면 안 될까요?"

"그럼 일단 앉으십시오."

"감사합니다. 레오, 당신도 이젠 일 얘기는 그만하지? 본인이 싫다는데, 자꾸 부담을 주면 안 되잖아."

로비스트보다 기획이사라는 사람이 더 융통성을 보였다.

이후 함께 둘러앉아 음식을 나눴는데, 일 얘기는 한마디도 하지 않았다. 두 이사는 강한 친화력으로 여러 사람과 다양한 이야기를 나눴는데, 상대가 무엇에 관심이 있는지 파악하고 적절한 화제를 떠올리는 재주가 대단했다.

식사 외에는 따로 면담도 하질 않았다.

* * *

"뮤어 필드. 정말 그림 같아요!"

"1744년에 조성된 코스라잖아. 골퍼라면 한 번은 플레이하고 싶은 코스라고 봐야지."

"브리티시 오픈이 16번이나 개최된 코스잖아요. 저도 언젠가 여기서 우승컵을 들어보고 싶어요."

"긴말 필요 없고 나가자."

세인트 앤드류스 남쪽, 영화에서나 봄 직한 경이로운 에딘버러 고성 자락 아래 조성된 전통 어린 뮤어필드에 도착했다.

코스환경은 세인트 앤드류스와 유사하다.

구석구석에 자리한 기이한 형태의 항아리 벙커, 성인 허리 높이까지 자라는 황금빛 갈대 페스큐, 나무 전체가 가시로

덮여 있고 봄에는 노란 꽃이 만발한 가시금작화, 그리고 북해에서 불어오는 강한 해풍은 골퍼의 심장을 사정없이 헤집었다.

"와아! 저 공이 날아가는 방향 좀 보세요!"

"바람이 정말 엄청나네. 하기야 네가 존경해마지않는 타이거도 우승 문턱에서 81타를 쳐 우승을 놓친 적이 있지."

"그럴 만한 것 같아요. 바람이 강할 때는 무조건 겸손해지는 것이 최선이라는 생각이 들어요."

하필이면 강풍이 몰아치는 날이었다.

바람도 만만치 않은데, 갈대숲 러프에 빠진 홍 프로는 레이 업에도 실패해 얼굴을 붉혔다.

폰도 어깨까지 잠길 깊은 벙커에 공을 빠뜨렸는데, 무섭다며 들어가기 싫다고 버텼으나 그 또한 신기한 경험이 될 거라는 말에 마지못해 샷을 했다.

태주는 벙커를 철저히 피했으나 직벽의 암담함을 체험하기 위해 일부러 들어가 봤는데, 그 압박감이 실로 대단했다.

"상황에 따라 다르겠지만 겁부터 먹을 필요는 없겠어."

"공 위치에 따라 다르겠죠. 벌타 먹고 나올 프로는 없겠지만 뒤로 빼는 샷이 나올 수도 있을 것 같아요."

"그렇지. 중요한 것은 빠지지 않는 거겠지!"

뮤어필드는 유명한 회원제 코스로 비회원의 라운드는 하

늘의 별 따기였다. 주중 화, 목 이틀만 일부 개방하며 그 비용도 비싸기로 유명한데, 태주에게는 활짝 열어 줬다.

라운드 내내 회원들이 오가며 인사를 나눴는데, 태주의 스윙을 보는 것만으로도 충분한 가치가 있다고 판단한 듯.

개중에는 아주 괴팍한 노인도 있었다.

"동양인이 감히 브리티시 오픈을 넘봐! 어림도 없을 게다!"

"경기 보러 오실 거죠?"

"네놈 응원은 할 생각이 없다니까."

"그래도 저를 알아봐 주셔서 고맙습니다. 어르신."

"아이고! 세상이 어찌 되려고…. 쯧쯧!"

홍 프로와 폰이 발끈했으나 태주는 즐거웠다.

본시 자존심 강하기로 유명한 지역 아니던가!

때론 과도한 경쟁과 차별로 문제가 되긴 하지만 뒤도 아닌 면전에서 욕을 하는 것이 차라리 낫다고 생각했다.

여성 골퍼는 받지도 않다가 몇 해 전에 개방되었을 정도이니 그 폐쇄성은 상상을 초월했다.

"와! 고수는 진짜 고수인가 봐요."

"왜? 언더파를 쳐서?"

"나랑 이모는…. 크크."

현역이 아니라고 하더라도 왕년의 실력이 어딜 가지 않는데, 홍 프로가 79타를 쳤다.

폰은 78타로 1타를 이겼다고 뿌듯한 표정을 지었는데, 그
만큼 링크스 코스가 어렵다는 방증이었다.

게다가 오늘 플레이한 세팅은 챔피언십이 아니다.

뮤어필드보다 더 까다로운 세인트 앤드류스 올드코스를
만날 생각을 하니 가슴이 뛰었다.

"아무래도 로열트룬 라운드는 다음으로 미뤄야 할 것 같
아."

"난 괜찮습니다."

"내가 안 괜찮아. 세인트 앤드류스에 골프 코스가 6개나
더 있다고 하잖아. 차라리 거기를 도는 게 여러모로 나을 것
같아. 특히 바람 적응이 얼마나 큰 문제인지 깨달았기 때문
에 그 감각을 익히는 게 좋을 것 같아."

"제 생각도 같아요. 오빠."

"그렇다면 하는 수 없지."

대회가 열리는 올드코스 주변 코스들을 쉬지 않고 돌았다.

따로 훈련을 병행하지 않아도 좋을 만큼 컨디션이 최고조
였기 때문에 오전 18홀, 오후 18홀, 하루 36홀 강행군을 했
다.

뒤늦게 도착한 타이거가 기겁하며 말렸지만 피곤하기는커
녕 대회가 가까워질수록 몸 상태는 더 좋아졌으며 스윙도 한

층 날카로워져 타이거의 부러움을 샀다.

"나 괜히 왔나 봐."

"우승자만 주인공은 아니잖아요. 오로지 1등만 바라보는 그런 풍조도 이제 바뀔 때가 된 거 아닙니까?"

"말은 좋지. 하지만 처음 쳐보는 코스의 연습라운드에서 7 언더를 치는 괴물이 있는데, 어쩌겠어!"

그도 이미 우승은 태주의 몫이라고 말했고 태주도 담담하게 그 사실을 받아들이는 분위기였다.

다른 선수라면 욕을 바가지로 먹을 상황이지만 둘은 아무렇지도 않게 말을 섞었다.

타이거 우즈가 현존하는 최고의 선수이자 전설이라는 사실도 큰 의미가 없는 것처럼 격의 없었다.

"자네가 이번에 메이저 대회 20언더 기록을 깨면 코스 수정에 대한 해묵은 이야기가 나올지도 몰라."

"400년 넘게 고집해 온 코스를 건드린다고요?"

"현재까지 이 코스의 18홀 최저타 기록은 맥길로이가 2010년에 작성한 −9이고 72홀 최저타 기록은 루이스가 세운 −16야. 하지만 자넨 1온이 가능한 파4 홀이 몇 개나 있잖아."

"누가 파4 홀에 1온을 노린다고 그래요."

"그러지 않고도 자넨 −7을 쳤잖아. 거기에 파4 홀 1온까지 한다면 아무리 세인트 앤드류스라도 닫치고 있긴 힘들 걸!"

생각해 보니 틀리지 않은 말이었다.

4대 메이저 대회는 유명한 만큼 스코어 내기 어렵게 세팅 한다. 그럼에도 불구하고 -20 기록이 두 번 세워졌는데, 한 계에 부딪혔다는 오거스타와 이곳이 거리와 기량까지 늘어 난 현대 골프 선수들에게는 '쉬운 골프장'으로 인식되고 있 었다.

그래서 파 72를 파 70으로 조정했지만, 전장을 늘리지 않 는 한 20언더 기록이 곧 깨질 거라는 말이 돌고 있다.

'389야드 12번 홀을 비롯해 400야드 초반인 몇 홀은 얼 마든지 1온을 노릴 수도 있지!'

'링크스 코스라서 오히려 쉬울지도 모르겠어!'

가장 험난하기로 유명한 US 오픈에서도 얼마 전 -15를 쳤던 경험이 생생했기에 그 코스와 냉정하게 비교해 본 태주 는 대기록 작성이 꿈이 아닌 현실이라는 판단을 내리게 되었 다.

다만 무리수를 둘 수는 없다.

장타에 대한 대가는 암담할 수도 있기 때문이며 이곳의 가 장 불안요소인 바람이 협조를 해 주지 않으면 생각만 해도 끔찍한 결과가 나올 수도 있다.

"이젠 경기 전 인터뷰가 의례적인 일정이 되었네요."

"네. 연승에 대한 기대도 크지만 미국이 아닌 골프의 발상지에서 거둘 메이저 3연승에 대한 의견도 분분해요."

"헬렌. 파 70 코스에서 −10을 기록하면 굉장한 기록으로 인정받을 거라고 하던데, 그거 언급하면 돌 맞겠죠?"

"아! 신선하긴 하겠네요. 왜요? 막상 코스를 돌아보니까 의욕이 샘솟나요?"

"기존 72홀 코스 레코드 −16은 깰 수 있을 겁니다. 다만 59타 작성은 쉽지 않을 것 같은데, 그 얘기 좀 해 볼까 해서요."

헬렌도 망설이며 쉽게 답을 하지 못했다.

태주가 코스를 평가한 뒤에 그런 야망을 품은 것은 이해가 되는데, 문제는 그런 진취적인 언급을 꺼냈을 때 보수적인 이곳 팬들의 반응이 어떨지 장담하기 어려웠다.

오히려 커다란 반감을 살 수도 있고 더 걱정스러운 부분은 변덕스러운 날씨였다.

바람도 예측하기 힘든 변수인데, 맑은 날이 별로 없는 섬나라의 특성까지 보태진다면 좋은 스코어를 내는 것이 매우 힘든 상황이 될지도 모르기 때문이다.

그런데도 태주는 사고를 치고 말았다.

"정말 아름다운 코스입니다. 모든 골퍼들의 버킷리스트에 들어 있는 것이 당연할 만큼. 하지만 몇몇 아쉬운 점도 눈에 띄더군요."

- 최고의 골퍼에겐 만족이 없는 건가요? 아쉽게 봤던 점을 구체적으로 말씀해 주실 의향이 있으십니까?

"네. 많은 골퍼들이 언급하는 짧은 전장, 두서없이 위치한 깊은 벙커, 고르지 않은 그린, 특히 장타에 대한 페널티가 거의 없는 단조로움은 언제 깨져도 이상하지 않은 신기록들을 작성하기 안성맞춤인 코스라고 생각합니다."

불을 확 질러 버렸다.

마치 흩어진 단점을 모두 모아 한꺼번에 터트리는 것 같은 폭발력까지 더해지면서 섬나라 기자들의 화를 돋웠다.

그러고도 아무렇지 않게 웃는 태주가 얄미웠을 텐데, 자기 할 말을 마친 태주는 자리를 털고 일어났다.

쏟아지는 질문에 결과로 말하겠다는 말만 남기고.

"아주 매를 버는구나!"

"어? 이모. 제 인터뷰 영어를 다 소화한 겁니까?"

"그게 중요한 게 아니잖아. 대체 무슨 수작인데?"

"동기 부여라고나 할까요?"

"그러다 날씨가 받쳐 주지 못하면 어쩌려고?"

"욕 좀 먹으면 어때요! 날씨가 나에게만 불리할 리는 없고 성적은 상대적이니까 우승하면 스코어가 어떻든 왈가왈부하진 못할 겁니다."

홍 프로는 물론 그날 저녁 식사를 함께한 타이거도 우려를 표했다. 굳이 그렇게 얄미운 표현을 쏟아낼 필요가 있었냐는 것인데, 태주는 그냥 씩 웃고 말았다.

그리고 이어진 디 오픈 개막일, 구름 같은 인파가 몰렸고 태주는 왜 자신이 그런 자신감을 피력했는지 유감없이 보여 줬다.

7시 10분에 티오프를 했는데, 바람도 아주 잠잠했고 햇살이 따스하게 내리쬐어 갤러리들의 함성도 유난히 컸다.

- 실로 무자비하군요!

캐스터의 그 한마디가 모든 것을 말해 줬다.

태주는 전통과 역사가 살아 숨 쉬는 세인트 앤드류스 올드 코스를 농락하듯 정복해 나갔다.

장타를 동원한 것도 아니다.

더도 말고 세컨샷 거리를 100야드 가량 남겼다.

4번 홀 512야드를 제외한 1번 홀 439야드, 2번 홀 415야드, 5번 홀 422야드까지 자로 잰 듯이 100야드를 남겨 홀컵에 쩍 붙여 버디를 낚아 버렸다.

"5번 홀까지 −3야. 이만하면 충분히 보여 준 것 같은데?"

"전 성에 차지 않습니다. 장애물도 별로 없고 바람마저 조용한데, 버디를 낚지 못하는 게 더 이상한 일이죠!"

"그야 네가 부담을 전혀 느끼지 않아서 그러지. 다른 애들 봐. 바짝 긴장해서 결과를 내지 못하잖아."

"남들 사정 봐줄 때가 아닙니다."

코스를 해석하는 시각 자체가 달랐다.

처음에는 낯선 코스 환경 때문에 부담을 가졌지만, 매일 비슷한 코스에서 라운드를 진행하면서 느낀 바는 링크스 코스처럼 쉬운 세팅이 없었다.

약간의 언듈레이션은 존재하지만 지형의 고저가 거의 없어 샷 세팅이 용이했다. 항아리 벙커가 위험하다지만 필드 전체 면적에 비하면 평균보다 훨씬 표면적이 좁아 정교한 샷을 날리는 선수에게는 아무런 지장을 주지 못했다.

게다가 호수도 없다.

"186야드야. 이 홀은 놓칠 수 없지!"

"7번 주세요."

"오랜만에 네 펀치 샷을 보는 건가?"

"바람이 없어 탄도를 띄울 생각입니다."

"아! 그것도 좋네. 그냥 꽂아 버리자."

첫날 운이 좋다고 생각했다.

동반자들 중에 껄끄러운 선수도 없었고 가장 큰 장애인 바람도 잔잔했다. 컨디션까지 좋은 이럴 때 기록을 세우지 못하면 기자들에게 떠들었던 말들이 공수표가 된다.

때문에 파3 홀 티샷에도 보기 드문 집중력을 발휘했다.

쉬익!

숏 티 위에 올려놓은 공에 강력한 임팩트가 가해졌다.

사정없이 찌그러진 타구가 까마득한 창공 속으로 사라져 갔다. 그걸 쳐다보며 비명을 지르는 이도 있었지만 피니시를 끝내고도 머리를 고정시키고 있는 태주의 스윙에 감탄하는 이들도 적지 않았다.

휴대폰 2개를 붙여 놓은 것 같은 크기의 커다란 뗏장이 떨어져 사방으로 흩날리는 광경도 볼 만했다.

누구나 보여 줄 수 있는 흔한 샷처럼 보이지 않았다. 그가 현존하는 가장 위대한 골퍼로 인정받는 선수였기 때문이다.

- 엄청난 임팩트로군요!

- 고작 186야드 파3 홀인데, 굳이 저렇게 어려운 기술을 동원해야 하는지 이해가 되질 않네요. 다들 잘한다, 잘한다, 칭송을 하니까 겉멋이 잔뜩 든 것 같습니다.

- 설리번. 표현이 너무 거치십니다. 어제 있었던 TJ KIM

의 인터뷰 때문에 그러십니까?

- 너무 건방집니다! 400년 골프 역사를 뭐로 보고 감히 이곳에 와서 그런 시건방진 말들을 쏟아내는지, 전 울화가 치밀었습니다.

자그마치 BBC 중계방송이었다.

유러피언 투어 중에도 굵직한 대회만 골라 중계하고 PGA 에 대해서도 매우 보수적이며 비판적인 중계진이 등장했다.

시작할 때는 흥행을 의식해서인지 호의적인 해설을 하는 가 싶더니 급기야 비판의 칼을 들기 시작했다.

자신들이 기대하던 것보다 훨씬 날카로운 샷을 연이어 보여 주자 불안감이 방어기제로 작용하는 것 같은 모습이었다.

그래도 그렇지, 사실을 확대해석하는 것을 넘어 호도하는 것은 절대 바람직하지 않은데, 겉멋이 잔뜩 들었다는 말까지 튀어나왔다.

그때 6번 홀 그린 주변에서 비명이 터졌다.

"와아아아! 미쳤다!"

"인 더 홀!"

얼마나 높이 떴는지 타구가 제 방향으로 가는지조차 가늠하기 힘들었다. 하지만 하강 곡선을 그리며 핀을 향해 내리꽂히자 주변을 감싸고 있던 팬들의 응원이 작렬했다.

살짝 길었다.

바운드까지 크게 튀어 오르자 안타까운 탄식을 터트리는 이들도 있었다.

하지만 놀라운 일이 벌어졌다.

- 저, 저 상황에서도 백스핀이 걸리나요?
- 윽!

고도의 기량을 보유한 프로들에게 스핀을 거는 것도 일도 아니다. 하지만 웨지를 든 칩샷에서나 자주 나올 뿐, 미들 아이언 이상으로 스핀을 거는 일은 극히 드물다.

샷 자체가 길지 짧을지도 자신하기 어려운 마당에 스핀을 거느라 컨트롤에 문제가 생기면 안 되기 때문이다.

때문에 지금 같은 거리의 샷에서는 기대하지 않는다.

하지만 불필요한 기술이라고 꼬집은 지금, 왜 그런 샷을 날렸는지 그 의도가 명확히 드러난 장면이 연출된 것이다.

"저게 빗나가네! 난 들어가는 줄 알았어."

"슬라이스 바람이 먹었네요. 거기까진 염두에 두지 못했으니 만족하렵니다."

"여기서 홀인원 한 방 들어가면 끝장이었을 텐데!"

홍 프로는 못내 아쉬워했다.

멀리서 봐 착시가 있었을지 모르지만 홀컵 옆 20cm 지점을 통과하는 장면은 팬들의 눈에도 아깝기 그지없어 보였다.

홀인원을 하지 못했음에도 지존으로 인정하는 듯 팬들의 뜨거운 박수갈채가 끊이질 않았다.

"6번 홀까지 4언더라…. 나쁘지 않군!"

"TJ는 보통 1라운드는 탐색하듯 무난한 경기력을 보였는데, 저렇게 도전적인 모습은 처음 봐요."

"그건 헬렌, 네가 잘못 본 게야. 코스 파악이 덜 된 곳에서는 누구라도 어쩔 수 없지. 하지만 지금처럼 충분한 정보가 있을 때는 망설이거나 주저하는 성격이 아니야."

"그런데 왜 아빠의 호의는 거부하는 거죠? 필요한 정보는 얼마든지 제공할 텐데."

마틴 문이 스코틀랜드까지 날아왔다.

예정에 없던 방문을 한 이유는 자신의 제안을 거절했다는 보고를 받았기 때문이었다.

그 속내는 헬렌도 정확히 알지 못했다.

하지만 오늘 경기력에 대한 의견을 주고받던 마틴이 사랑하는 딸을 답답하다는 듯 바라봤다.

"넌 아직도 버리지 못했구나!"

"네? 뭘요?"

"김 프로에 대한 선입견. 왜지? 그가 너보다 한참 어리기 때문이냐?"

"무슨 말씀이시진지 도통 모르겠어요. 알아들을 수 있게 구체적으로 말씀해 주시면 안 되나요?"

"그의 정신 연령은…. 아니지, 그의 영혼은 너보다 훨씬 성숙하고 고매해. 어리고 부족하다는 시선으로 그를 바라본 다면 넌 절대 그의 마음을 얻을 수 없을 게다."

헬렌은 잠시 뜸을 들이며 자신을 돌아봤다.

부친의 말뜻을 헤아리기 너무 어려웠기 때문이다.

자신은 누구보다 태주를 존중해 오지 않았던가!

이성으로서 관심을 느낄 만큼 분명하게 좋아하는데, 그런 것과는 또 다른 의미를 함축하고 있었기 때문이다.

뭘 더 어떻게 하라는 것인지 이해하기 어려웠다.

'성숙하고 고매한 영혼?'

'22살 젊은이로 보지 말란 말인가?'

"난 내 핏줄 중에 그의 마음을 조금이라도 얻을 수 있는 여성이 있다면 무슨 수를 쓰든 엮어 놓고 싶었지. 오죽하면 저 친구 처의 운명을 짚어 봤겠느냐!"

"어땠는데요?"

"박복하더구나. 하지만 김 프로가 그녀의 운명마저 보듬고 있는 이상, 내 어쭙잖은 행위들이 다 무용지물이라는 걸 깨 달았지."

"희야가 있잖아요."

"녀석! 전에는 아주 질색을 하더니 이젠 털어 버린 게냐?"

"무슨 말씀이세요. 제가 언제요!"

한사코 손까지 휘저었지만 헬렌의 얼굴은 이미 붉어질 대로 붉어져 있었다. 마틴은 태주를 만난 초창기부터 인연을 굳히기 위해 다양한 방법을 모색했었다.

대체 왜 그런 확신에 가까운 호의를 드러내는지 헬렌은 이해하기 힘들었다. 아끼는 손녀까지 동원할 의향을 비쳤으며 유라에게 쓰지 말아야 할 비법도 걸지 않았던가!

그걸 막은 사람이 헬렌이었다.

그런 가치는 찾지 못했기에.

또한 사심이 작용하기도 했었고.

"희야를 부를게요."

"천천히 하자꾸나. 그건 그렇고 넌 어찌할 셈이냐?"

"뭘요?"

"콘을 지금 그대로 둘 요량이더냐? 난 영 찜찜한데!"

"이젠 치워야죠!"

콘은 헬렌의 남편 콘라드의 별칭이었다.

애초 그는 헬렌에게 매우 적절한 조언자였다.

명망 있는 가문의 자손이었고 머리도 좋고 배려심도 많아 그를 데려왔을 때, 마틴은 기꺼이 결혼을 허락했었다.

누구보다 아끼는 막내딸의 선택을 존중한 것이다.

하지만 그의 마음에 욕심이 싹트고 배신의 그늘이 드리워지자 헬렌이 직접 나서 그의 손발을 잘라 냈다.

그리고 남처럼 지낸 지 벌써 3년이 흘렀다. 최근에는 어리고 예쁜 여자애들을 끼고 여행이나 다니는 것을 모르지 않았다.

문제는 왜 마틴이 이 시기에 그를 언급한 것인지.

"아빠! 전 자신 없어요."

"…난 네가 원한다면 뭐든 해 줄 용의가 있다는 걸 잊지 말거라. 그게 설사 저 친구와 관련된 일일지라도."

"……."

헬렌은 아무 말도 하지 않았다.

부친이 누구보다 자신의 마음을 잘 알고 있다는 생각에 그저 감사할 뿐이었다.

남녀 사이는 참으로 묘하다.

콘라드 만큼 좋아한 남자는 다시없을 것이라고 믿었다. 그와 행복했던 시간들을 생각하며 참담한 배신도 못 본 척했다.

그런데 김태주라는 남자를 대하며 마음이 흔들렸다.

그런 푸대접을 받아 본 적이 없기 때문일까? 사실 푸대접은 아니다. 단지 자신을 여자로 보지 않는다는 것일 뿐.

'고마워요. 아빠!'

부친이 그 어떤 희생을 치르더라도 돕겠다고 말했다.

11살 연상인 자신으로서는 포기하는 것이 옳다고 생각했다.

엄연한 현실을 인정할 수밖에 없으며 상대가 자신을 여자로 보지 않는데, 그 무엇이 통할 수 있을까?

하지만 그런 생각만 하면 삶의 의욕이 사라졌다.

어쩌면 부친은 그런 심리 상태마저 읽고 있는 것인지도 모른다.

"여기가 핸디캡 18번 홀이야."

"드디어 장타를 한 방 날려야 하나요?"

"굳이 장타가 필요한가?"

"그렇긴 하네요."

누가 들으면 교만이 하늘을 찌른다고 할 것이다.

하지만 태주와 홍 프로는 장단이 짝짝 맞았다.

7번 홀은 572야드 파5 홀이다. 파 70으로 조정하면서 전, 후반 각기 롱홀은 하나씩만 세팅되었다.

그럼에도 불구하고 그 롱홀들이 핸디캡 18번과 17번을 차지하며 가장 스코어가 잘 나오고 있었다. 코스 난이도가 얼마나 낮은지 가늠할 수 있는 지표였다.

- 대체 얼마나 날릴까요?

- 함부로 장타를 노리다 쫄딱 망할 수도 있습니다. 저 황금빛 갈대가 얼마나 지독한지 겪어 보지 않은 사람은 모르죠!

- 하하! 설마 세계 랭킹 1위인 TJ가 저 페스큐(fescue)를 넘기지 못할까요?

- 앞부분 갈대를 넘기는 것은 문제가 없겠죠. 하지만 페어웨이를 두 쪽으로 가르고 있는 중앙의 저 황금 물결은 장타를 노리는 자에게 확실한 응징을 남길 비수입니다. 피하고 싶다고 피할 수 있는 게 아닙니다!

해설위원 설리번은 또 한 번 헛소리를 지껄였다.

통산 투어 8승을 거뒀으나 PGA 우승은 없다. 그나마 디 오픈 우승 경력이 있고 입담이 세 좋아하는 팬들이 적지 않다.

그래도 오늘처럼 괴팍하리만큼 비관적인 경우는 없었는데, 뭐에 씌기라도 한 사람처럼 막말을 쏟아냈다.

보다 못한 캐스터가 쪽지를 적어 건넸다.

[한 방에 훅 가면 어쩌려고 자꾸 자폭하시는 겁니까?]

[걱정 마! 다 이유가 있으니까]

[그래도 적당히 하세요. TJ 팬들이 정말 많습니다]

걱정스러워 조언했는데, 그는 픽 웃어넘겼다.

그들이 어떤 중계를 하든지 미국 NBC를 비롯한 여러 나라 방송사들도 현지 화면을 실시간으로 송출 받아 나름의 중계를 진행하고 있었다.

특히 한국 골프 채널들은 첫날부터 흥분을 감추지 못했다. 메이저리그 야구, 프리미어리그 축구보다 더 높은 시청률이 나오고 있었기 때문이다.

- 400야드를 넘기는 초장타를 구경할 수 있을까요?

- 그럴 일은 없을 겁니다. 이 좋은 분위기를 스스로 망칠 이유가 없기 때문입니다.

- 어제 인터뷰에서 드러낸 자신감이라면 이런 상황에서도 팬들을 위해 화끈한 장타를 보여 주지 않을까요?

- 그럴 가능성은 희박합니다. 400야드를 날리나 330야드를 날리나 2온을 하는 데 큰 차이가 없기 때문입니다.

- 네? 170야드를 남기면 숏 아이언으로도 2온이 가능한데, 저로서는 이해가 되지 않습니다. 왜 그렇게 보십니까?

- 그린 앞 방향에는 장애물이 없기 때문이죠. 330야드를 보내고 240야드를 남기면 22도 유틸리티를 잡을 텐데, 김 프로의 고구마 샷이 얼마나 정교한지 아시지 않습니까!

의견이 분분했다.

장타를 때릴 것인지, 세컨샷에 중점을 둘 것인지.

태주도 이번 티샷에 뜸을 많이 들였다. 팬들의 눈에는 고심하는 것처럼 보였지만 실상은 그렇지 않았다.

장타는 애당초 생각이 없었고 330야드만 보낼지, 360야드까지 조금 더 보낼지 빈 스윙을 해 보면서 각각의 컨디션을 확인해 볼 뿐이었다.

그러다 문득 시야에 잡힌 광경에 힘이 용솟음쳤다.

"아예 허허벌판이잖아!"

현대적인 개념의 명문 골프장과는 달라도 너무 달랐다.

좋은 코스란 각각의 홀이 독립적으로 꾸며져 있으며 티그라운드에 올라서면 홀의 상황이 한눈에 쫙 펼쳐져야 한다.

그늘을 제공하는 울창한 나무숲, 햇살에 반짝이는 호수, 벙커마저도 그 아름다움에 한 축으로 작용하며 골퍼가 자연속에 서 있다는 느낌을 줘야 하건만, 올드한 이 코스는 홀경계선도 뚜렷하지 않을 만큼 허허벌판에 펼쳐져 있었다.

전통을 중시하는 것은 좋지만 이런 세팅이 통용되며 따라하는 코스가 생겨나고 수많은 골프 팬들이 성지순례라도 하는 것처럼 찾을 가치는 없다는 생각이 들었다.

"뭐야? 생각을 바꾼 거야?"

"네. 저 벌판을 향해 시원하게 날려 버릴 겁니다!"

"그것도 나쁘지 않지. 좋아! 아주 좋아!"

200야드까지는 갈대숲이 두서없이 우거져 있었다.

그 뒤로는 페어웨이를 좌우로 가르는 갈대숲 러프가 중앙을 가로질러 꽤 넓은 폭으로 그린 근처까지 이어졌다. 그 끝은 좌측으로 빠져나가며 갈대계곡을 형성한 구조였다.

330야드를 겨냥한다면 당연히 우측 페어웨이를 활용하는 것이 옳다. 그린을 겨냥하기가 보다 편하기 때문이다.

하지만 400야드 이상의 장타를 노린다면 좌측 페어웨이가 더 넓었다. 때문에 에이밍만 봐도 어느 정도의 비거리를 노리고 있는지 짐작할 수 있었다.

- 장타로군요!
- 와우! 여기서 장타를 노린다고요?
- 못 때릴 이유가 없죠! 정교함까지 담보한 그의 초장타를 생각하니 전 소름부터 돋습니다!

과아아앙!

그런 소리가 날 리가 없다.

드라이버 구조설계 역학을 고려하면.

하지만 무시무시한 힘이 모아진 태주의 스윙을 바라보던 팬들의 귀에는 핵이 터지는 것과 다르지 않은 환청이 터졌다.

그런데 보고도 믿기지 않을 괴상한 사태가 터졌다.

티샷이 제대로 구사된 것은 아무도 부정할 수 없었다. 하지만 타구가 사라짐과 동시에 뭔가 시커먼 게 좌측 갤러리들 방향으로 날았다.

그게 뭔지 가장 먼저 파악한 태주가 황급히 소리쳤다.

"위험합니다! 피하세요!"

드라이버 헤드가 충격을 이기지 못하고 떨어져 나갔다.

엄청난 스피드를 머금은 타구도 위험하지만, 클럽 헤드는 한층 더 위험하기 때문에 손에 허전한 느낌이 전해진 순간, 태주는 곧바로 경고의 목소리를 높였다.

분명 아침에 정비를 마쳤건만 대체 왜?

타구는 쳐다볼 겨를도 없었다.

- 와우! 정말 큰일 날 뻔했습니다.

- 젊은 남성분이 번개처럼 몸을 날려 쳐 냈습니다. 다치진 않았을까요?

- 메고 있던 가방을 활용한 것 같은데, 카메라가 그의 영웅적인 행동을 잡지 못한 것이 아쉽군요.

- 정말 대단한 동작이었습니다. 사람 몸에 맞았다면…. 생각만 해도 끔찍하네요. 대체 TJ KIM은 제 장비 하나 챙기지 않고 뭘 하고 있었던 겁니까!

엉뚱한 데로 불꽃이 튀었다.

틀린 말은 아니지만 적절한 비판이라고 볼 수도 없었다.

골퍼에게 클럽만큼 소중한 것은 없다.

경기 중에 클럽이 손상되는 것을 반길 선수가 어디 있다고, 선수 탓만 한단 말인가!!

"정말 다행이다. 근데 왜 도망치지? 저 남자?"

그 또한 기이한 일이었다.

얼굴을 드러내면 안 되는 사람처럼 인파 속으로 사라졌다.

태주는 자신에게 배정된 전단이 주변에서 사라지지 않아 짜증이 났다. 티 내진 않았지만 이미 의사를 표명했음에도 원대 복귀를 시키지 않는 것이 불만이었다.

그래도 일단 대회에 집중하는 것이 우선이었고 헬렌이 차차 알아서 조치해 줄 것이라고 믿었다.

그런데 새옹지마가 되었다. 아무리 봐도 보통 사람이 취할 수 있는 동작이 아니었기 때문이다.

그게 사람 몸에 맞았다면?

생각만 해도 끔찍했다.

"설마 우리 에이전시 직원인가?"

"여하튼 고마운 일이네요. 근데 공은 어떻게 됐습니까?"

"이제 떨어지고 있어. 밀렸을 거야!"

정신이 하나도 없었다.

그건 중계진도 마찬가지였다.

매 홀마다 중계 카메라가 배정될 수는 없다.

그나마 태주의 플레이에는 전담 카메라가 배정되었는데, 그는 오로지 타구만 쫓았을 뿐이고 뒤에서 촬영하던 카메라 한 대가 떨어진 헤드를 발견하고 따라갔다.

하지만 그나마도 제대로 찍질 못했다.

"갈대숲으로 떨어지는데?"

"그러게요. 뭐 이런 일이 다 일어나죠?"

"클럽 점검했었어. 특히 드라이버와 우드는 내가 꼼꼼하게 살피는데 어째서 이런 일이 일어났지?"

"이모 탓이 아닐 겁니다."

태주는 헤드가 날아간 샤프트를 살펴보지 않을 수 없었다. 넥(neck- 헤드와 샤프트가 연결되는 부분)이 깨져 있었다.

누군가 고의적으로 파손시켰다고 볼 수는 없었다.

제법 튼튼한 재질일 텐데, 강력한 파워를 이기지 못하고 깨졌다고 볼 수밖에 없었다.

지난번 초장타를 노릴 때는 아무 이상이 없었지만, 이번에는 견뎌 내지 못했다고 봐야 했다.

"매번 새 클럽을 쓸 수는 없잖아. 전문가의 점검을 받든지 해야 할 것 같아."

"제가 직접 체크하겠습니다. 어려운 일도 아닌데, 이런 상황은 미처 예상치 못했을 뿐입니다."

"그게 가능하면 좋지. 그나저나 이제 어쩌지? 드라이버 없이 경기해야 하는데!"

바꾼 규정은 경기 시작 후 클럽이 망가지게 될 경우 다른 클럽으로 교체를 허용하지 않는다.

헤드가 떨어져 나가는 경우는 드물지만, 샤프트가 부러지거나 휘는 경우는 흔해 선수들의 불만이 터지기도 했다.

하지만 골프 백 안에는 14개의 클럽이 있기 때문에 다른 클럽을 활용하면 된다는 해석이다.

그러나 드라이버나 퍼터처럼 그 용도가 특별한 경우는 애를 먹을 수밖에 없다.

- 우리 김태주 프로 어떡하죠? 분위기가 아주 좋았는데!

- 안타깝습니다. 하지만 전 걱정하지 않습니다. 당장 눈앞에 닥친 트러블을 현명하게 극복할 것이며 드라이버가 아닌 다른 클럽으로도 얼마든지 좋은 성적을 거둘 수 있음을 팬들에게 보여 줄 겁니다.

- 말은 간단한데, 그게 쉬운 일은 아니지 않습니까!

- 어려운 일이죠. 하지만 김태주 프로가 누굽니까! 전

우리 김 프로, 드라이버가 없어도 다른 선수들보다 더 좋은 성적을 낼 수 있을 것이라고 믿어 의심치 않습니다.

한국 중계방송은 이처럼 국뽕에 가득 차 있었다.

과도하게 들렸으나 그럴 수 있을 것이라는 희망을 품게 만들었다. 하지만 주관 방송사인 BBC는 이때다 싶었는지 가차 없는 비판을 쏟아냈다.

드라이버가 없는 TJ는 평균 이하의 경기력을 보일 수밖에 없을 것이라는 근거 없는 해설도 서슴지 않았다.

"레이 업 해야 할 것 같은데?"

"네. 피칭 주세요."

보는 눈이 많아서인지 공을 찾는 것은 어렵지 않았다.

캐디나 같은 팀원이 아니면 그 위치를 알려 주면 안 되지만 팬들의 시선이 향하는 곳에서 공이 있었다.

갈대가 우거져 공의 궤적에 영향을 줄 게 분명했지만, 레이 업을 해도 무방한 거리를 확보한 상태였다.

런이 없었지만 드라이버 티샷 비거리는 무려 416야드나 기록되었기 때문이다.

"나이스 샷!"

태주는 무리하지 않았다.

정확히 공을 쳐 내 페어웨이로 꺼냈다.

사선으로 꺼냈어도 남은 거리는 118야드에 불과했다.

골탕을 먹을 것이라고 장담하던 설리번 해설의 입에서 다른 말은 나오지 않았다.

멘탈이 무너질 것이라고 예상했으나 이어진 갭 웨지 샷의 아름다운 궤적에 그는 신음 소리를 감추지 못했다.

깃대를 맞춰 버렸기 때문이었다.

"저게 그냥 확! 들어갔어야 하는데!"

"깃대를 맞는 바람에 되레 손해를 봤네요. 흐흐."

"튀어나오는 바람에 버디가 쉽지 않겠어."

"쉬우면 재미없죠."

백스핀 걸렸기 때문에 홀컵을 지나갔어야 좋다.

그런데 너무 정확한 나머지 깃대에 맞은 공이 대여섯 걸음이나 백을 했다. 정확한 거리는 4.6m, 애매한 거리지만 위기를 극복해야 한다는 의지가 굳건했던 태주는 끝끝내 구겨 넣고야 말았다.

홀컵을 빙그르르 돌고 사라지는 바람에 보는 이들의 애간장을 태웠지만, 클럽헤드가 날아간 상황치곤 너무 극적인 결말이었다.

"정말 대단해요!"

"아까 위험한 상황을 회피하게 만든 직원에게 특별 포상이라도 해야겠어. 타이거 패밀리 팀원인가?"

"네. 2팀장 프랭크라는 보고가 들어왔어요."

"좋네! 제 보스에게 확실한 신임을 얻은 셈이니까. 이래저래 나쁘지 않군!"

"근데 어떡하죠? 그는 꿈쩍도 하지 않아요. 애초 자신의 몫이 아니라고 생각하는 것 같았어요."

"그러기 쉽지 않지. 일단 욕심부터 내는 게 인지상정인데! 여하튼 레오와 에드가 알아서 할 게다. 자신들이 유용한 자산임을 스스로 알려야지."

걱정이 태산 같은 헬렌과 달리 마틴은 편안해 보였다.

A&D를 이끌고 있는 두 명의 측근에 대한 신뢰가 대단했다.

평양 감사도 제 싫으면 그만이라는데, 대체 어떤 구상을 가지고 있는 것인지 이해가 되질 않았다.

자신도 방향은 잡아야 한다고 생각한 헬렌은 질문하지 않을 수 없었다. 최근 엉뚱한 정보들을 접했는데, 촉은 오지만 현실적이지 않다고 판단했던 것에 대한 확인에 들어갔다.

"설마 그의 애국심을 자극하시려는 건 아니죠?"

"글쎄⋯. 그도 건전한 한국 남자잖아. 전쟁이 나면 입대해야 할 예비군 신분이기도 하지."

"그는 PGA 역사를 새로 쓰고 있는 주인공이에요. 위험한 상황을 유도하는 것은 절대 바람직하지 않은 것 같아요."

"그건 생각하기 나름이지. 나도 비슷한 의견을 제시했으니까 좀 더 지켜보자꾸나."

쌍수를 들고 반겨도 시원찮을 복을 걷어차고 있다.

문제는 그걸 잘 알면서도 마틴은 괘씸해하기는커녕 꾸역꾸역 그의 손에 쥐여 주려고 한다는 거였다.

매우 위험한 상황까지 기획하면서.

마틴도 한반도와 관련된 안보 사안에 대해서는 그동안 중립적인 자세를 견지해 왔다. 속내는 그렇지 않지만.

누구보다 조국을 사랑하고 음지에서 활약해 왔던 것도 안다. 하지만 늘 때가 이르다고 미뤄 왔는데, 드디어 칼을 빼드는 것 같다는 느낌도 받았다.

김태주의 손을 빌려.

"472야드야. 좀 부담스럽네."

"아예 유틸리티를 주세요."

"3번 우드가 아니라?"

"치기 편하잖아요."

"250야드는 너무 짧은데?"

"누가 그래요? 250야드라고? 클럽이 버텨 주기만 하면⋯."

늘 곁을 지킨 홍 프로도 의아한 눈빛을 보냈다.

그러니 그 광경을 바라보는 팬들이나 중계진은 더 의문일 수밖에 없었다.

472야드 파4 홀에서 250야드를 보내면 222야드가 남는다. 물론 롱 아이언을 들면 되지만 3번 우드를 쓸 경우, 미들 아이언으로 공략할 수 있기 때문에 그 의아함은 더 컸다.

까앙!

- 와우! 헤드 스피드가 142마일이 나왔습니다. 볼 스피드는 188마일! 지금 유틸리티를 들었는데, 이게 말이 되나요?

- 불가능하진 않습니다. 이미 볼 스피드 200mph 시대에 접어들었으니까요. 하지만 드라이버보다 짧은 유틸리티 우드로 저런 스피드를 낸다는 건 정말 믿기지가 않네요.

- 탄도가 높진 않아 얼마나 날아갈지 궁금합니다.

장타자의 기준이 된 디셈보는 한 언론과의 인터뷰에서 말하길, 크게 노력하지 않아도 이젠 볼 스피드 200마일이 나온다고 했다.

그와 비등한 비거리를 자랑하는 장타자들도 200마일에 도달하는 것은 어렵지 않다고들 말한다.

볼 스피드는 결국 헤드 스피드와 비례하기 때문에 장타를 위해서는 헤드 스피드를 높이기 위해 심혈을 기울인다.

그런데 페어웨이 우드도 아닌 유틸리티 우드로 188마일을 만들어 내자 기겁하지 않을 수 없었다.

유틸리티는 드라이버보다 짧지만, 헤드가 작고 날렵한 형태라 헤드 스피드에 비해 볼 스피드가 되레 적게 나온 셈이다.

"공이 깨지겠어!"

"저도 그게 걱정입니다. 매홀 새 공을 쓰는 게 좋을 것 같습니다."

"헐! 농담을 진담으로 받네? 근데 그래야 할 것 같아. 드라이버 헤드가 박살 나는 마당에 뭐든 조심하는 게 좋지."

"고!"

마침 타구가 지면에 떨어지고 있었다.

평소 250야드에 맞춰 놓은 19도 유틸리티의 캐리는 230야드 안팎이다. 매우 강하게 때렸음에도 타구는 생각보다 멀리 날아가지 않았다.

대략 250야드를 조금 넘긴 것 같았는데, 환호하는 팬들과는 달리 홍 프로는 실망한 기색이 역력했다.

그러나 놀라운 일은 그다음에 일어났다.

페어웨이에 떨어진 공이 미친 듯이 굴렀던 것이다.

- 270, 280, 290, 어허! 300야드도 넘기나요?

- 런이 미쳤습니다. 50야드 이상을 구르다니, 이건 정상이

아닙니다!

- 직진 방향 스핀을 먹인 거 아닐까요?

- 불가능하진 않지만 실제 샷을 할 때 적용하긴 매우 어렵습니다. 까딱 실수하면 대가리를 때리게 되거든요!

- 하하! 탑핑(Topping)이 나온다는 말이시군요. 하지만 TJ KIM이라면 실전적인 구사가 가능하지 않을까요? 지금처럼!

설리번은 끝내 대답하지 않았다.

그 침묵은 인정한 것이나 다름이 없었다.

하루 종일 비판과 부정만 하던 그의 입이 닫혔기 때문이다.

정확한 데이터가 나왔다.

캐리 254야드, 최종 비거리 308야드.

이번 홀이 비교적 길어서 165야드가 남았지, 다른 파4 홀이었다면 100야드 안팎이 남았을 거라는 생각이 든 사람들은 모두 전율을 느꼈다.

"이제 드라이버는 빼고 다니자. 백이 너무 무거워."

"그러시든지!"

"아이고! 안 그래도 건방이 하늘을 찌르는데, 이제 어떻게 보나? 하늘을 뚫을 네 교만한 꼴을!"

"하하하! 뭘 또 그렇게까지 매도를 하십니까. 근데 괜찮지 않았나요?"

"응. 스핀을 아주 제대로 걸었어. 그리고도 공을 필요한 만큼 띄우는 기량, 솔직히 부럽다, 부러워!"

우여곡절을 겪은 7번 홀에서도 버디를 낚았으니 두려울 것이 없었다. 드라이버가 말썽을 부리면 실전 경기에서 사용하지 않는 경우는 흔히 볼 수 있다.

아무나 시도할 수는 없지만 강자들의 경우는 약간의 불안 요소만 느껴도 우드로 티샷을 하며 제 기량을 뽐낸다.

지금은 어쩔 수 없는 상황이지만 공교롭게도 이 코스는 드라이버가 있든 없든 큰 차이가 없다는 판단을 내렸기 때문에 오히려 더 도전적이며 실험적인 시도가 가능했다.

의도한 결과를 마주하자 더 힘이 솟았다.

- 이러다 정말 18홀 최저타 -9 기록을 깰 것 같습니다!
- 지금까지는 지독히 운이 좋았을 뿐입니다.
- 이미 7개 홀에서 5타를 줄였고 이번 홀까지 버디로 연결한다면 8개 홀을 거치며 -6이 되는데요?
- 이번 홀 버디? 그건 어렵습니다! 행운이 따라 아침 내내 바람이 불지 않았으나 인코스에서는 바람이 강해질 테고 지금 그에게 드라이버도 없지 않습니까!

- 그래도 산술적으로는 두 자릿수 언더파까지 가능합니다. 새로운 기록이 만들어지는 것이 반갑지 않으신 거군요!

그렇다고 말하고 싶은 눈치였다.

특히 '동양 원숭이에게는 어림도 없는 일이다!'고 크게 소리 지르고 싶은 표정이었다.

하지만 그럴 수는 없다.

속으로 생각하는 것은 자유지만 공개된 발언으로 튀어나온다면 다시는 그 자리에 앉을 수 없기 때문이다.

아시아인들에게 유럽은 좋은 이미지로 연상되지만, 실제 여행을 가 본 사람들은 체감할 수 있다.

그들의 뿌리 깊은 차별이 얼마나 생생한지.

물론 모두 다 그렇다고 매도할 수는 없지만 상상한 것보다 훨씬 심각한 것은 부정할 수 없는 사실이다.

골프의 신이 강림했다

7화. 샷 머신

골프의 선이 강렬했다

"BBC 해설자가 선을 넘고 있다고 해요."

"선을 넘다니? 유럽에서 열리는 대회는 첫 출전이라서 저항이 심한가?"

"대놓고 TJ에 대해 막말을 쏟아낸다는데, 거의 제정신이 아닌 것 같다고…."

"미국도 마찬가지였어. 처음에는 굉장히 터부시했지! 하지만 이젠 그렇지 않잖아. 실력으로 극복할 문제라고 봐야지."

"……."

"허허! 누군지 우리 딸한테 찍혔네! 그래도 적당히 하거라."

헬렌은 끝내 대답하지 않았다.

에이전시 대표로서 불합리한 처우에 대해 대처할 수 있다. 하지만 그녀의 착 가라앉은 차가운 눈빛은 다른 말을 하고 있었다.

"굿 샷!"

"오늘은 웨지를 잡을 일이 없을 것 같습니다."

"그린이 거친 게 좋을 때도 있네!"

"제 샷이 면도날처럼 날카롭다고 봐야죠! 흐흐."

"에이! 이럴 줄 알았다니까!"

165야드를 9번 아이언으로 기가 막히게 컨트롤했다.

높은 탄도에서 내리꽂힌 타구는 홀컵 바로 앞에 떨어져 거의 제자리에서 바운드되었을 뿐, 버디를 낚기에 충분했다.

또 한 번 설리번의 예상이 엇나가면서 놀라울 정도로 정확하다는 댓글이 달렸다.

반대로 생각하면 된다나?

8개 홀에서 −6을 기록했지만 두 자릿수 언더파에 대한 기대는 반반이었다. 설리번의 말처럼 바람이 살살 강해지고 있었으며 드라이버가 없는 점이 마음에 걸렸기 때문이다.

하지만 태주는 보란 듯이 달렸다.

[9번 홀 408야드 파4− 2온 1퍼팅 버디. −7]

9홀 기록은 공식화되진 않지만 9개 홀 중에서 7개의 버디를 낚았다는 사실에 놀라지 않을 팬은 없었다.

게다가 드라이버가 없는 9번 홀에서 또다시 19도 유틸리티로 307야드를 보냈고 홀컵을 위협하는 웨지 세컨샷을 선보이자 고개를 절레절레 젓는 이들이 보였다.

사람으로 보이지 않는 듯.

"거짓말처럼 인코스에 접어드니까 바람이 불기 시작하네!"

"이 정도면 상관이 없습니다. 드라이버를 드는 것도 아니기 때문에 오히려 마음이 더 편안합니다."

"그것도 그러네. 그래도 무리하진 말자."

"어허! 이 아줌마가 왜 나약한 소리를 하시지?"

"이미 −7야. 고르고 골라 3타만 더 줄이면 되잖아."

"저거 보고 얘기하세요."

태주의 손을 따라간 곳에는 리더보드가 있었다.

상위 10명만 기록해 놨는데, 아직 경기를 시작하지도 않은 선수도 있는 시점에 언더파가 판을 치고 있었다.

전반만 돌았음에도 최상단을 차지한 TJ KIM 아래로 −4가 두 명, 그리고 −3이 나머지를 다 채웠다.

그중에는 1라운드를 마친 선수도 있지만 아직 라운드를 마무리하지 않아 더 치솟을 수 있는 선수도 존재했다.

태주가 쉽다고 판단하는 것처럼 대체적인 평균 타수가 낮게 나오고 있다는 것을 알아볼 수 있었다.

"메이저 대회 맞아?"

"그러게요. 환경의 영향을 너무 심하게 받는다는 것부터 이상한 겁니다. 우승은 하늘이 내린다는 말, 바람직하지 않죠!"

"듣고 보니 그러네. 지금 출발하는 선수들은 불리한 거 잖아. 오후에 바람이 더 심해진다면 결국 결선 라운드는 역전이 많이 나온다는 말인데, 실력과 무관하다면 억울한 일이지."

악천후에서 명경기가 나오기도 한다.

프로라면 그 어떤 환경에서도 최고의 플레이를 펼칠 수 있도록 준비해야 한다는 말도 틀리지 않다.

하지만 외부적인 요인이 승패와 순위에 큰 영향을 미치는 것은 결코 바람직하지가 않다.

차라리 동시에 퍼져 출발하는 샷 건 방식이 낫다.

- 바람도 무용지물이군요! 유틸리티로 탄도가 낮은 공략을 하고 있으며 워낙 방향성도 좋아 어려울 게 없어 보입니다.

- 일부러 드라이버를 망가뜨린 건 아닐 텐데…. 공교롭게도 행운이 이어지는군요.

- 유틸리티로 300야드씩 보낼 수 있는 선수가 어디 있습니까! 그래서 더 대단한 거 아닐까요?

- 인정하긴 싫지만 빈틈이 없는 선수인 것은 분명하네요. 특히 그의 웨지 샷은 솔직히 샷 머신처럼 느껴집니다. 인간이 어떻게 매번 저런 정교한 스윙을 할 수 있는지 믿기지가 않습니다!

드디어 칭찬이 나왔다.

실시간 댓글 창에 엄지가 가득 채워질 만큼 큰 변화였다.

이미 여러 사람이 지적한 바, 그는 인종차별적인 시각을 감추지 않고 에둘러 비판해 왔다고 보는 것이 적절하다.

토트넘의 전설이 된 소니가 조금만 부진하면 평점 테러를 가하고 비난하는 것보다 더 심각한 수준이었다.

하지만 샷 머신이라는 말 한마디에 다들 뒤집어졌다.

- 샷 머신이래? 결국 굴복한 건가?
ㄴ 설리번, 정신 차려! 계속 싸질러야지, 뭐 하는겨?
ㄴ 이제 정신 차린 거지. 어제 폭음한 듯!
ㄴ 대단한 건 사실. 왜 랭킹 1위인지 시위하는 거 같음.
- 골프 지존의 높은 위상에 항복한 건가?

ㄴ 실력 하나는 정말 짱짱한 듯! 나도 인정.

ㄴ 오늘 몇 타나 칠까?

ㄴ 이븐파!

ㄴㄴ 술 취했니? 아니다. 너 일본인이지?

ㄴㄴ 짜장일지도…. ㅋㅋㅋ

여전히 좋은 경기력을 유지했지만 스코어는 주춤했다.

티샷보다 세컨샷의 정확도가 떨어졌는데, 그건 바람과 무관하지 않았다. 10번 홀에서 2온에 실패하며 웨지를 들게 되었는데, 홍 프로는 잊지 않고 한마디 보탰다.

"웨지 잡을 일 없다더니?"

"그럼 퍼팅을 할까요?"

"아서라! 똥고집은!"

"퍼팅도 가능하지만 굳이 그렇게 말리신다면 하는 수 없네요. 크크."

칩샷이 의도한 만큼 바짝 붙진 않았다.

하지만 자신 있게 뒷벽을 때리는 스트로크로 파를 지켜냈다. 바람이 점차 강해지는 가운데 맞이한 11번 홀, 부담이 되지 않을 수 없었다.

무려 256야드 파3 홀이었기 때문이다.

"좌우로 길게 퍼진 기러기 그린을 공략하는 것도 어려운

데, 왜 거리까지 이렇게 늘인 걸까?"

"제발 여기서 타수를 좀 까먹어 달라는 거죠!"

"너무 유치하지 않아?"

"그러니까 더 확실하게 보여 줘야죠!"

아무리 봐도 억지스러운 세팅이었다.

이전에는 180야드 안팎으로 플레이되던 홀이다.

그린의 앞뒤 폭이 좁고 좌우로는 넓게 퍼져 있는데, 그린 앞에 커다란 벙커가 아가리를 벌리고 있어 대부분 그린을 오버하는 홀이다.

하지만 커다란 벙커는 그린과 떨어져 있기도 하지만 커서 탈출이 쉽다. 반면 작고 깊은 3개의 항아리 벙커는 생각만 해도 오금이 저리게 할 만큼 위협적이었다.

그런데 거리까지 확 늘렸으니, 엿 먹으라는 의미가 아니고 무엇이겠는가!

"홀컵 위치도 끝장이네!"

"방향이 정확할수록 더 빠지기 쉽게 뚫어 놨군요."

"그러니까! 훅 바람이 부는 것 같은데, 뭐로 칠래?"

"22도 유틸리티 주세요."

"원래 정상적인 거리는 19도가 맞잖아?"

"그렇죠. 하지만 몇 번 강하게 휘둘렀더니 그걸 쫓아갈 가능성이 염려되어 리프레시를 하려고요."

그 말을 던지더니 웬일로 스윙 플레인까지 설명했다.

아직 바람이 강하진 않지만 더 강한 바람이 불어도 아무 상관이 없는 샷을 하겠다고 포문을 열었다.

거리라도 짧으면 다양한 공략을 고심할 수 있을 텐데, 긴 클럽으로 구사할 수 있는 구상에는 한계가 있을 수밖에 없다.

하지만 열심히 설명을 들은 홍 프로는 태주를 째려봤다.

"그건 말도 안 돼!"

"왜요?"

"탄도를 띄우지 않고 어떻게 225야드 지점을 찍을 수 있다고 그래!"

"이거면 가능합니다. 아이언 로프트는 아무리 세워도 힘들겠지만, 이 고구마는 살짝만 세워도 깔리잖아요. 거리를 걱정하시는 것 같은데, 거리라면 제가 압권 아닙니까!"

"으이구! 니 마음대로 해!"

태주의 전략은 그럴싸하면서도 실현성은 없어 보였다.

그린이 둔덕처럼 솟아 있다.

짧아도, 길어도 그린에 올리기는 힘들어 다들 곤란을 겪는 모양이다. 그나마 에이프런 가까이에 떨어뜨려 그린으로 튀어 올라가야 하는데, 파3 홀치고는 거리가 너무 멀어 아이언 공략이 힘들다는 것이다.

그래서 다들 우드를 잡고 탄도를 띄워 친다.

바람이 불면 그 결과는 오로지 신의 몫이 되는 것이다.

- TJ의 빈 스윙이 좀 독특하지 않나요?

- 네. 로프트를 바짝 세웠군요. 현재 22도 유틸리티를 잡았다고 하는데, 저렇게 로프트를 세워서 어떻게 이 홀을 공략하겠다는 건지 해석이 되질 않습니다.

- 전문가께서 해석이 되지 않으면 어떡하죠? 하하하.

- 탄도를 띄우지 않겠다는 건데, 아무리 바람이 거세도 256야드나 되는 이 홀에서 저탄도 샷으로 얻을 수 있는 결과는 그다지 밝지 못합니다.

- 그래도 그는 매 대회마다 신선한 도전과 확실한 결과를 낸 탑 랭커가 아닙니까! 너무 비관적으로 보지 마시고 그의 의도를 한 번 읽어 주시죠.

도발로 느낀 걸까?

전문가인 자신의 견해를 무시하는 듯 반박하는 태도가 마음에 들지 않았던 것일까?

대답 대신 캐스터를 쓱 돌아본 설리번이 천천히 입을 열었는데, 태주의 의도에 거의 근접한 해설을 내놨다.

짐작건대 그린과 대형 벙커 사이 러프를 공략해 튕겨 올린다는 것인데, 22도 유틸리티를 잡고 지금과 같은 낮은 탄도로 순수한 캐리 225야드를 직격하는 것은 불가능하다고 말했다.

하지만.

까앙!

티샷을 할 때보다 더 강렬한 타격음이 터졌다.

그도 그럴 것이 저탄도로 거리를 확보하려면 어쩔 수 없는 선택이었다. 갤러리들은 대부분 미스 샷이라고 생각했다.

기대했던 것과는 너무 다른 탄도였기 때문이다.

게다가 256야드 파3 홀이었으니 그도 실수를 하는구나, 그렇게 생각하는 것 같았다.

하지만 2, 3초도 지나지 않아 함성이 폭발했다.

"와아아아!"

"고! 고!"

믿기 힘든 속도를 보인 타구가 떨어질 생각 없이 화살처럼 그린을 겨냥하고 날아가자 팬들의 반응이 돌변했다.

정작 샷을 마친 태주의 표정은 딱딱하게 굳어 있는데.

"왜?"

"계산이 틀린 것 같아요!"

뭐가 틀렸는지 물을 필요가 없었다.

하얀 모래를 사방에 흩날리게 만든 타구가 그린 앞 대형 벙커를 때리고 있었기 때문이다.

그렇게 강하게 때렸음에도 짧았다.

저 탄도 샷의 한계를 잘못 계산한 것인가?

하지만 비명 소리는 더 강해졌다.

흩날리는 모래 사이로 존재감을 드러낸 동그란 덩어리, 그
건 벙커를 때리고도 높이 치솟은 태주의 공이었다.

- 와우! 저 공이 그린에 올라가나요?

- 미쳤네요. 미쳤어!

- 의도가 어땠든, 그게 제대로 구현되었는지 전 잘 모르겠
지만 저 그림은 정말 환상적이지 않나요?

- 환상이요? 와우! 저게 끝끝내 그린까지 튀어 올라갔습니
다!

- 그러니까요!

다른 벙커는 항아리 형태라 지금처럼 튈 수도 없다.

그나마 전시용처럼 조성된 대형 벙커에 들어갔는데, 저탄
도이었던 것을 감안하면 아주 희박한 확률이 터진 결과다.

그런데 더 기겁할 일은 모래를 때린 공이 그 힘을 주체하
지 못하고 모래와 함께 치솟은 장면이었다.

러프에만 떨어져도 만족할 것 같았다.

그런데 에이프런 바로 앞까지 날아가 두세 번 튄 공이 그린에 올라 구르기 시작했다.

난리가 난 팬들과는 달리 태주는 담담하게 말했다.

"정말 위험천만한 짓이었네요!"

"무슨 소리야?"

"저 벙커는 넘기려고 했거든요!"

"그럼 원래 구상대로 떨어졌으면 그린을 완전히 오버했다는 거잖아?"

"그랬을 가능성이 아주 높죠. 아무래도 모래의 저항이 러프보다는 컸을 테니까요."

"운도 좋네. 오늘!"

"착하게 사는 보람이라고나 할까요?"

"이 인간이 진짜!"

살살 굴러 홀컵에 붙을 줄 알았던 타구가 지칠 줄 모르고 굴러 반대편 에이프런에 겨우 멈췄다.

함부로 힘을 쓰면 안 되겠다는 생각이 절로 들게 만든 결과였다. 우여곡절이 많았으나 결과는 결국 파 세이브였다.

이럴 때 버디를 낚으면 더없이 좋겠으나 그 정도 복까지 따라붙진 않았다.

두 홀 연속 주춤하자 설리번은 우쭐해졌다.

자신의 예측이 맞아떨어지는 듯 보였기 때문이다.

하지만.

"3번 우드?"

"네. 애매한 거리에 구멍이 너무 많아서요."

"그 앞까지 공략하고 세컨샷으로 승부하면 안 될까?"

"세컨샷이 바람의 영향을 받기 시작했어요. 범 앤 런을 하려면 350야드가량 보내는 게 더 나을 것 같습니다."

"헐! 350야드?"

드라이버를 잡고도 홍 프로 추천대로 끊어가는 선수가 있다. 3번 우드를 드라이버만큼 멀리 보내는 선수도 왕왕 있다.

그러나 통상 3번, 5번 우드는 롱홀 2온에 활용하는 용도이며 티샷 비거리 확보로 쓰이는 경우는 극히 드물다.

하지만 드라이버를 잃은 지금, 유틸리티 대신 3번 우드를 잡은 태주의 속마음은 그보다 한발 더 앞서가고 있었다.

솔직히 말하면 홍 프로가 펄쩍 뛸 것 같아 참았을 뿐.

"어? 1온을 노리는 건가?"

살짝 왼쪽으로 휘어진 홀이다.

하지만 389야드로 가장 짧은 파4 홀이기 때문에 웬만한 장타자들은 1온을 염두에 두지 않을 수 없다.

그래서 페어웨이와 그린이 맞닿은 좌측에 잡풀과 갈대가 무성한 숲을 조성해 놨다. 그걸 보고 1온은 엄두를 내지 말라는 경고와 다름이 없었다.

3번 우드를 잡았지만 태주의 에이밍은 안전한 방향을 향하고 있었다. 누가 봐도 2온 전략인데, 홍 프로는 봤다.

드로우 샷을 때릴 때 나타나는 태주만의 루틴을.

'들켰나?'

'말리지 않네?'

'믿어 준다는 거잖아. 좋네!'

쉬이익!

힘찬 스윙이 돌아갔다.

드라이버를 잡지 못하니 샷의 강도는 더 높아진 상태였다.

마치 비행기가 이륙하듯 낮게 깔리던 타구가 이단 점프를 하듯이 번쩍 치솟기 시작하는 순간부터 홍 프로의 입술은 타들어 갔다.

팬들의 비명이 작렬한 것은 타구가 그린 방향으로 훅이 걸리면서부터였다.

- 설마 그린을 직접 노린 건가요?

- 에이! 3번 우드입니다. 어림도 없는 일이죠! 저렇게 휘면 갈 곳은 숲뿐입니다. 그 좋았던 기세를 자신해서 꺾다니, 나이는 속일 수 없나 봅니다. 하하하!

길게 이어지던 설리번의 너털웃음이 갑자기 멎었다.

떨어질 타이밍이 지났건만 더 뻗어나간다는 느낌을 받았기 때문이었다. 기죽어 침묵을 지키던 캐스터가 주먹을 불끈 쥐는 모습도 보였다.

"대표님. 오빠가 1온을 노렸나 봐요!"

"어? 폰? 타이거 경기는 끝났어?"

"네. -4로 끝냈어요. 컨디션이 많이 올라왔더라고요."

"넌 참 신기해. 그걸 볼 마음이 나?"

"우리 오빠 경기는 안 봐도 훤하거든요. 드라이버가 망가졌다는 말은 들었는데, 그 바람에 더 신나게 때릴 수 있게 된 거네요."

"됐어! 이제 쭉쭉 구르기만 하면 될 텐데!"

"올라갈 거예요. 런이 많이 나오는 우드이고 드로우를 걸었기 때문에 평소보다 더 많이 구를 거예요."

캐리 341을 찍었다.

정말 무시무시한 비거리가 아닐 수 없었다.

드라이버도 아닌 3번 우드로 보낼 수 있는 한계치를 보여주는 것만 같았다. 실제 타구도 그린을 관통했다.

방향도 살짝 아쉬웠고 긴 것도 안타까웠지만, 태주에게는 진심이 가득한 박수가 끊이질 않았다.

- 그린을 살짝 오버해 버렸습니다. 설리번, 뭐라고 말 좀 해 보시죠?

- 389야드 파4 홀 1온, 그는 인간이 아닙니다!

- 아까보다 더한 극찬으로 들리는데요!

- 영상으로 볼 때보다 훨씬 더 강력한 힘이 느껴집니다. 드라이버를 잃은 선수의 입장을 생각해 봤습니다. 누구든 주눅부터 들지 않을까요?

- 그렇겠죠!

- 그런데도 3번 우드로 파4 홀 1온을 시켜 버리다니, 철혈의 군주가 아닙니까! 전 더 이상 할 말이 없습니다.

모진 차별적 발언도 서슴지 않던 사람이다.

전문가이기 때문에 더 많은 정보를 접했을 것이다. 주가 작성한 기록, 스윙 분석과 탄탄한 경기력, 심지어 강인한 의지를 지닌 선수라는 것도 모르지 않을 텐데, 나가도 너무 나갔다. 하지만 그의 눈에 띄는 변화를 이끌어 낼 만큼 태주는 디 오픈 개막일에 압도적인 기량을 뽐냈다.

에이프런과 러프 경계에서 시도한 이글 칩샷이 홀컵 위를 그냥 지나간 것이 아쉬웠으나 그 홀 버디를 기점으로 정체되었던 경기를 다시 풀어나가기 시작했다.

[12번 홀 389야드 파4- 2온 1퍼팅 버디]

[13번 홀 456야드 파4- 2온 2퍼팅 파]

[14번 홀 561야드 파5- 2온 2퍼팅 버디]

[15번 홀 500야드 파4- 2온 2퍼팅 파]

[16번 홀 156야드 파3- 1온 2퍼팅 파]

[17번 홀 425야드 파4- 2온 2퍼팅 파]

전반에 7타를 줄인 태주가 12, 14번 홀에서 버디를 기록하며 급기야 코스 레코드 타이를 기록했다.

유럽골프 전문가들이 한목소리로 비난을 쏟아냈지만, 본인이 말한 것을 당당하게 이룰 상황을 목전에 둔 것이다.

아직 4개 홀이나 남았기 때문에 그 순간부터 팬들의 이목이 태주의 모든 행동 하나하나에 집중되었다.

까다로운 15번 홀은 파 세이브에 만족했으나 16, 17번 홀에서 두 번이나 버디 퍼팅을 놓친 것이 아쉬움을 남겼다.

쉬운 거리는 아니었지만, 오늘처럼 좋은 컨디션이라면 둘 중에 하나는 들어갔어야 했다. 하지만 홀컵 앞에서 살짝살짝 돌아 나가는 바람에 태주의 표정도 딱딱하게 굳었다.

"와아! 저게 안 들어가네!"

"긴장했나 봅니다."

"네가 긴장했다고? 아니야. 이놈의 그린이 엉망인 거지!"

홍 프로는 애꿎은 잔디를 탓했다.

이 지역 잔디가 상당히 독특하지만 이미 수차례 연습라운드를 진행하며 적응을 마친 상황이었다.

다만 아쉬움을 감당할 대상이 필요했을 뿐.

"아빠! 누가 장난질을 치는 거 아닐까요?"

"무슨 장난?"

"아빠 감각에 잡히지 않는 수작이 있을지도 모르잖아요."

"허허! 그건 아닐 게다. 나는 몰라도 김 프로를 속일 수는 없을 테니까. 그냥 '저 친구도 인간이구나!' 그렇게 봐야지."

"TJ가 긴장을 하고 있다는 말이세요?"

"응. 무서울 때는 한없이 무섭고 매서운데, 방금 전 스트로크는 마지막에 페이스가 열렸어. 급한 마음에 헤드업도 했고."

"제 눈에는 그게 왜 안 보이죠?"

"하수니까. 허허허!"

헬렌은 자신을 무시하는 마틴을 흘겨봤다.

좋은 머리를 타고난 대신 그녀의 운동신경은 아주 무뎠다. 아무리 노력하고 공을 들여도 늘지 않는데 어쩌란 말인가?

하지만 마틴 눈에는 그런 막내딸의 모습도 다 예뻐 보였다. 그렇게 안달하지 않아도 태주는 오늘 새로운 기록을 작성할 것이다.

그런 목표를 놓칠 사람이 아니었기 때문이다.

그래서 푸근하게 웃었는데, 그때 태주와 시선이 마주쳤다.

'오셨습니까?'

'오랜만일세! 역시 대단하군!'

'헉! 지금 우리가….'

화들짝 놀랐다.

상당한 거리가 떨어져 있었는데, 그의 음성이 들렸기 때문이다. 또한 마틴도 자신의 말을 알아들은 것 같았다.

홀 이동 중에는 매우 시끄럽고 번거롭다. 때문에 그의 음성만 들릴 수는 없다. 그것도 아주 또렷하게 들었기에 심장이 날뛰었는데, 마틴은 그저 빙긋이 웃을 뿐이었다.

마치 그럴 줄 알고 있었다는 듯.

그래서 다시 한번 시도해 봤다.

'이게 어떻게 된 거죠?'

'자네의 초감각이 한 단계 상승한 것 같으이. 남방의 영험한 기운이 보위하고 있으니 이후에는 더 신묘한 능력을 발휘할 수 있을 게야.'

'…나중에 얘기하시죠.'

마침내 마지막 홀에 도착했다.

463야드 파4 홀로 핸디캡 6번인 비교적 까다로운 홀이다. 하지만 기록을 세워야만 하기에 집중력이 필요했다.

이번에도 태주는 19도 유틸리티를 잡았다.

그리고 팬들이 실망하지 않을 시원한 티샷을 날렸다.

손에 느껴진 감촉도 아주 좋았다.

"나이스 샷!"

"조금 세게 갈겼는데, 방향이 어떨지 모르겠습니다."

"좋은데?"

그 말이 끝나기 무섭게 타구가 감기기 시작했다.

그저 조금 당겨지는 정도면 상관이 없는데, 생각보다 훨씬 많이 휘었다.

페어웨이가 넓고 그린이 우측에 치우쳐 있어서 괜찮을 거라고 생각했는데, 조금 더 힘을 쓴 결과는 예측을 벗어나고 있었다.

- 오호! 저렇게 많이 휘나요?

- 까딱하면 화단으로 들어갈지도 모릅니다. 거긴 샷을 하기가 매우 불편할 텐데, 거리 욕심이 과했던 것 같습니다.

- 그러게요. 본인 발언에 책임지고 싶었던 모양인데, 300야드만 보내도 좋을 홀에서 아쉬운 결과가 아닐 수 없네요.

- 어허! 저게 정말 화단에 들어가고 말았습니다.

타구는 페어웨이에 떨어졌다.

하지만 바운드가 좌측으로 튀면서 화단까지 굴러갔다.

그곳이 위험한 이유는 거기에 타구를 보내는 경우가 극히 드물어 정돈이 되어 있지 않기 때문이다.

드라이버로 칠 경우 악성 훅이 나와야 하며 거리도 350야드를 넘겨야 한다.

350야드?

다들 화단에 들어간 것에만 집중하느라 3번 우드로 어마어마한 비거리를 찍었다는 사실은 주목하지 못했다.

"과욕이 참사를 불렀네요."

"무슨 과욕이야! 그리고 가서 보기도 전에 참사라고 생각할 필요는 없잖아. 버디 못 한다고 실망할 홀도 아니니까 김칫국 마시지 말자."

"크. 넵!"

이동해 확인했는데, 애매했다.

엄청난 거리를 보냈지만 너무 좌측으로 치우친 탓에 128야드가 남았다. 공이 흙바닥 위에 놓여 있었고 더 큰 문제는 가시금작화 사이에 위치해 샷을 할지 벌타를 먹고 꺼낼지 판단이 쉽지 않았다.

"일단 들어가서 서 봐."

"가시가 많은데요?"

"조심해야지. 반바지나 치마가 아닌 건 다행이네."

프리 드롭이 가능한 화단도 있는데, 이건 아니었다.

예쁘지만 가시가 돋친 꽃밭에 발을 디디는 기분은 이미 벌을 받는 느낌이었다.

몇 차례 따끔하게 찔렸지만 1타를 위한 노력을 게을리할 수는 없었다. 다행히 스탠스는 나왔다.

스윙 궤적에 나무 잔가지들이 걸리적거리지만, 그 또한 문제되지 않도록 연습한 과정 속에 있었다.

'128야드라…. 굴려야 하나?'

9번 아이언을 잡았고 하프스윙만 휘두르기로 결정했다.

굴릴 경우 거리를 정확히 내는 것이 까다롭지만, 피니시 동작이 불가능하고 스탠스도 그게 나아 피치 못할 결정이었다.

그렇다면 띄울 거리와 굴릴 거리부터 나눠야 한다.

보통 짧을 경우가 더 많아 탄착점을 90야드로 잡았다.

오르막인 러프를 지나 그린에 올리기 위해서는 어정쩡한 스윙을 하면 안 된다. 그린을 오버하는 한이 있어도.

"저러다 다치면 어쩌려고?"

"그건 걱정하지 마세요. 저것보다 더 최악인 상황도 다 훈련했어요."

"정말이야?"

"지독한 프로 정신! 저도 그럴 필요가 있느냐고 투덜거렸었는데, 정말로 저런 상황이 나왔어요. 이젠 군소리하지 말고 오빠 말을 잘 들어야 할 것 같아요."

"오늘만 날도 아닌데, 그냥 벌타 먹고 꺼내지!"

프로가 아닌 헬렌은 충분히 그런 생각을 할 수 있다.

-9도 충분히 좋은 스코어이며 아직 3일이나 더 경기를 해야 하기 때문에 몸을 아끼는 것이 낫다고 본 것이다.

태주가 가시에 찔려 움찔할 때마다 헬렌도 몸을 사렸다. 마치 자기가 찔리는 것 같은 오버액션에 폰이 빙긋 웃었다.

그녀의 마음이 훤히 보였기 때문이었다.

쉬익!

원하는 샷이 만들어졌다.

하지만 완벽한 팔로우 스로우를 보이던 태주가 개구리처럼 팔짝팔짝 뛰어 화단을 벗어났다.

화사한 아름다움 뒤에 숨은 가시금작화 가시는 정말 매서웠기 때문이었다. 우스꽝스러웠으나 그걸 보며 웃는 사람은 별로 없었다.

다들 태주의 타구에 시선을 빼앗겼기 때문이었다.

"고! 고!"

- 왜 저런 샷을 선택한 거죠?

- 스탠스가 그렇게밖에 나오지 않았던 것 같습니다. 클럽

이 지나갈 궤적도 위험했던 것으로 보입니다.

- 벌타 드롭도 고려해 볼 수 있지 않았을까요?

- 하하하! 저걸 보고도 그런 말씀이 나오십니까?

- 우후! TJ는 대체 뭘 먹어서 저렇게 뒷심이 좋죠? 전러프에 잡힐 거라고 봤는데….

90야드를 탄착점으로 찍었지만 실제 타구가 떨어진 지점은 그보다 한참 짧았다. 82야드 지점에 떨어진 공이 그린에 올라설 거라고는 보이지 않았다.

그린 앞 러프가 꽤 길고 질기다는 것을 알기 때문이었다.

그러나 중계진이 해설하는 동안에도 계속 구른 타구는 에이프런에 잡히는 것 같더니 통과해 버렸다.

"올라갔어!"

"아! 짧았네요. 10야드도 넘는 것 같은데요?"

"8, 9야드 정도 될 거야. 더블브레이크지만 버디를 노릴 수는 있을 것 같아."

"그나저나 저 다리에 가시가 박힌 것 같은데, 어떡하죠?"

"어디?"

"여기요."

"에이. 좀 참아. 나 유라한테 전화 받고 싶지 않아."

하필 오른쪽 허벅지 부근이었다.

다른 곳은 다 살피고 샷을 했는데, 정작 다리 뒤는 살피지 못한 결과였다.

걸으면서 계속 거길 더듬었는데, 기이한 동작임에도 팬들의 박수 소리는 끊이질 않았다. 코스 레코드 타이를 이뤘고 롱 퍼팅을 성공하면 신기록을 작성하는 것이니, 환호받아 마땅했다.

"오른쪽보다 왼쪽 경사가 더 심하네!"

"왼쪽 한 컵 보면 되겠죠?"

"응. 나도 그렇게 봤어. 다만 마지막 오르막을 감안해 과감한 스트로크를 해야 할 것 같아."

내리막에 오르막 라이였다.

세컨샷이 조금만 더 길었다면 손쉬운 버디 기회를 맞았을 텐데, 아쉬웠다. 하지만 고개를 저어 그런 잡념을 떨쳐버린 태주는 챔피언 퍼팅하듯 신중하게 루틴을 밟았다.

그리곤 과감하게 굴렸다.

"와아아아!"

"TJ! TJ! TJ!"

과감하게 밀었으나 그럼에도 불구하고 홀컵 바로 앞에서서는 줄 알았다.

지켜보는 팬들의 군침을 삼키게 만들고 나서야 까딱 떨어졌는데, 극적인 그 순간 팬들의 함성이 지축을 흔들었다.

- 와우! 결국 해냈네요! TJ KIM 정말 대단한 선수입니다.
- 공감합니다. 말이 쉬워 10언더지, 이글도 없이 버디만 10개를 구겨 넣다니, 괜히 세계 1위가 아니로군요.
- 이제 첫 라운드에 불과한데, 마치 우승한 것 같은 분위기로군요. 지금 같은 경기력이라면 우승도 어려울 것 같지는 않지만.

[디 오픈 역사를 새로 쓴 위대한 라운드! 파 70코스에서 60타 신기록을 작성한 TJ KIM. 지존의 위엄을 보이다]
[스코틀랜드 공습! 풀 한 포기 남지 않은 완벽한 폭격!]
[드라이버 없이 10언더? 장타 괴물의 장담은 사실인가?]
[142명 출전에 언더파가 68명, 역대 최다. 세인트 앤드류스 올드 코스, 리노베이션이 필요한가?]

최소한 디 오픈 개최지에서 배제되어야 한다는 의견이 대두되었다. 이 코스의 상징성을 감안하면 파격적인 의견이었다.
하지만 −10을 기록한 TJ를 필두로 −6가 2명, −5가 6명,

-4가 14명이나 쏟아져 나왔기 때문에 반박하기 어려웠다.

주최 측은 내일부터 더 까다로운 세팅을 준비하겠다고 발표했다. 하지만 그게 과연 가능한지 묻는 부정적인 견해도 많았다.

'이건 골프의 발상지에 대한 모독!'

'장비 제한 규정부터 손봐야 한다.'

'도핑 테스트 강화 요청!'

엉뚱한 데 불똥이 튀기도 했다.

코스가 쉬워 보이는 이유를 현대화된 장비와 약물 탓으로 돌리는 것은 바람직하지 않았다.

과학이 발전해 소재 개발이 진행되고 과학적인 훈련체계가 잡혀 더 훌륭한 경기력을 보이는 게 뭐가 문제란 말인가?

어찌 되었든 -10을 기록한 태주에 대한 유럽 골프 팬들의 관심이 폭증한 것도 명백한 사실이었다.

"야! 아파!"

"엄살! 자꾸 움직이니까 더 깊이 들어가잖아요."

"안 되겠다. 임 팀장님 오라고 해."

"치! 이미 다 뺐거든요. 무슨 남자가 가시 하나에 세상 무너질 것처럼 난리를 쳐요!"

골드의 섬이 강림했다

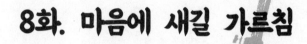

8화. 마음에 새길 가르침

골프의
심이
강렬했다

경기를 마치고 나온 태주가 가시를 빼야 한다고 닦달하자 폰이 나섰다. 자기가 태주의 전담 치료사라나?

태주도 경험한 바가 있기에 기꺼이 맡겼다.

작은 가시 하나가 주는 불편함은 생각보다 컸다. 차라리 살이 찢어진 것보다 더 신경이 쓰였다.

바지를 내린 것도 영 불편했는데, 그걸 후딱 치료하고 놀리는 폰을 보니 약이 오르지 않을 수 없었다.

하지만 티격태격하는 이런 모습 자체가 행복했다.

골프도 원하는 만큼의 결과를 내고 있었고 자신을 아끼는 이들이 우르르 몰려와 함께하고 있는 것이 좋았다.

"코스 세팅을 더 어렵게 한다더니, 겨우 이건가?"

"하룻밤 사이에 전장을 늘이거나 나무를 심을 순 없잖아."

"그래도 티 그라운드를 절반만 쓰라니…."

"핀도 오늘 최악의 지점에 꽂아 놨어. 심지어 내리막 경사 중간에 꽂아 놓은 데도 있다니까!"

노력은 가상했으나 골프의 묘미를 반감시킨다는 반발도 만만치 않았다. 그러나저러나 태주의 불꽃 샷은 꺼지질 않았다.

2라운드 -7을 기록해 36홀 최저타 기록도 갈아치웠다.

엄하게 당한 선수들도 나왔지만 결선 컷이 -3로 결정되면서 역대 최저타가 터졌고 올드 코스의 난이도가 너무 낮다는 의견에 더 힘이 실리기 시작했다.

[13연승 무르익나? TJ KIM 8타 차 단독 선두]

[장타에 정교한 아이언 샷, 무난한 퍼팅까지. 퍼펙트 골퍼]

[메이저 대회 -20 기록도 깨지기 일보 직전! 지금 추세라면 -30도 가능하다는 의견 대두!]

[2라운드를 마친 현재 우승 확률 66%, 이래도 되나]

[압도적 기량, 경쟁할 선수는 없나?]

하루 반짝한 것에 그치지 않고 2라운드도 데일리 베스트를 기록하자 베팅업체들이 앞다퉈 태주의 우승 확률을 발표했다.

85%까지 내놓은 곳도 나왔고 일부 업체는 태주에 대한 베팅은 더 이상 받지 않는다는 발표까지 꺼내 놨다.

자신들이 산정한 한도를 넘었다고 말했으나 그건 피해를 줄이기 위한 몸부림이라는 의견도 만만치 않았다.

- 베팅을 거부한다면 뭐 하러 장사하나?

└ 망하지 않으려는 몸부림. ㅋㅋ

└ TJ가 대단하긴 대단한 듯. 비겁한 장사치들!

└ 공동 2위 프리텔리에게 베팅해. 13배나 준다잖아. 세계 랭킹 2위 존람 개망신. 공동 4위인데도 20배 준다네. ㅎㅎ

- 당사자인 TJ는 스포츠 베팅 혐오! 일확천금 노리지 말고 열심히들 살아라!

└ 너도 TJ한테 배팅했지?

└ 눈치 짱! 나 300유로 걸었음…. 세금 떼면 150유로 배당받을 듯.

└ 주식 투자보다 훨 낫네. ㅊㅋ! 괜히 한 타임 쉬었어!

뭐든 깊이 빠지면 헤어나기 힘들다.

특히 스포츠 베팅은 중독성이 강해 배보다 배꼽이 더 큰 시장으로 성장했다.

하지만 그것도 지하 베팅에 비하면 새 발의 피였다.

그런데 골프 지하 베팅에 균열이 발생하고 있었다.

우승자가 돌아가면서 나와야 하는데, 다들 한 사람에게 쏠려 배당이 형편없이 작게 나오고 있기 때문이었다.

하지만 누가 다른 선수에게 베팅을 하겠나?

일확천금을 노렸던 이들이 이미 숨만 쉬고 누웠는데!

"그것도 나쁘지 않네요."

"그래서 저희 DDT는 당분간 골프 베팅은 닫기로 결정했어요."

"다른 것도 줄이시죠. 아예 문을 닫으면 더 좋고."

"그럼 당신이 책임을 맡을래요? 전 쉬고 싶거든요. 호호호."

"왜 자꾸 그러십니까."

"참. 아빠가 좀 보자고 하세요. 어제 만날 줄 알고 계셨는데, 연락이 없어 매우 서운해하시는 것 같았어요."

"네. 8시에 건너가겠습니다."

묘하게도 부담스러웠다.

이미 사실로 확인된 현상이 한둘이 아닌데, 어쩌면 자신이 지나치게 물러만 선다는 생각마저 들었다.

하지만 발을 디디는 것부터 거부감이 일었다.

비록 자신이 빙의한 새 삶을 살고 있지만, 인간이 가진 본연의 능력 이상을 활용하는 것이 정당한지 의문이 들었기 때문이다.

그런데 어렵게 마주한 마틴의 첫 마디가 뼈아팠다.

"거부하면 할수록 더 힘들어질 걸세."

"무슨 말씀이십니까?"

"자넨 자네에게 주어진 힘이 아무 이유도 없이 나타났다고 보나?"

이유가 있다고?

마치 필요하기 때문에 선택을 받았다는 말로 들렸다.

환생 자체가 비과학적인 현상이지만 자신은 못다 한 꿈을 좇기 위해 비겁한 힘을 동원하지 않았다.

자신이 전생에 알고 익힌 바대로 최선을 다해 노력했다.

그 결실이 기대했던 것보다 대단하긴 하지만 부정한 방식이라는 생각은 해 본 적도 없다.

그런데 마치 모든 성과가 신묘한 힘에 기인한다는 말처럼 들려 기분이 좋지 못했다.

"마틴. 전 최선을 다해 제 꿈에 도전하고 있습니다."

"알지. 그 노력과 의지에 감동을 받고 있다네."

"그렇다면 제가 원치 않는 일에 얽히고 싶은 마음이 없다는 것도 아시지 않습니까."

"그게 문제지. 사람은 보통 힘을 얻으면 그 힘을 쓰고 싶어 하는데, 자넨 아니라는 거잖아. 그저 제 한 몸 건사하기도 힘들다는 거잖아."

"묘하게 비트시는데, 왜 아무 상관도 없는 일에 제가 정력을 낭비해야 하는 겁니까?"

마틴 문은 아무 말도 하지 않았다.

다만 그의 얼굴 주름이 더 깊어진 듯 번민에 빠진 표정을 보였는데, 그렇다고 마음이 약해질 수는 없었다.

자신에게 해가 되는 일련의 도발은 충분히 막을 자신이 있었고 능력을 개발해 어디에 어떻게 쓸지 그 대상도 명확하지 않은데, 얽힐 이유가 없었던 것이다.

뭐라도 말할 것 같았으나 오랜 침묵을 지킨 마틴은 고개를 끄덕이며 그만 가서 쉬라는 말을 건넸다.

"전혀 설득이 되질 않았나 봐요?"

"그래. 나도 더는 압박할 수가 없더구나."

"저도 솔직히 우리 힘으로 처리할 수 있다고 생각해요. 아직 때려잡지 못할 정도로 크진 않았잖아요."

"허허! 너도 그렇게 생각한다면 할 말이 없지. 그렇다면 부딪쳐 봐야겠구나. 똥인지 된장인지 찍어 먹어 봐야만 한다면!"

마틴은 위스키를 가져오라고 지시했다.

그걸 단숨에 몇 잔 들이켜더니 바로 일어서 떠났다.

헬렌은 자신이 큰 실수를 했다는 느낌이 들었으나 화살축
이 이미 손에서 떠났다는 것도 모르지 않았다.

하지만 현재 주적(主敵)이라고 볼 수 있는 골드핸드는 지금
전력이라면 충분히 씨를 말릴 수 있다고 판단했다.

밖으로 드러나지 않은 가문의 저력을 믿기 때문이다.

- 첫날 -10, 둘째 날 -7, 그러면 하루 정도는 주춤할 거라
는 생각이 들지 않나요?

- 그렇죠. 72홀로 승부를 가리는 이유도 그런 인간의 불
완전함을 극복한 진정한 승자를 가리기 위해서니까요.

- 근데 저 친구는 왜 저러죠?

- 하하하! 그래서 황제라고 하는 거 아닐까요? 지금까지
보여 준 전력도 대단하지만 전 솔직히 시간이 문제일 뿐, 언
제 무너져도 이상하지 않다고 생각했습니다. 특히 바다 건너
이 땅에 오면 그 기세는 꺾일 것이라고 봤는데, 착각이었습
니다!

어제 세팅을 이상하게 하는 바람에 욕을 바가지로 먹었다.

난이도를 높이는 방법이 그런 짓밖에 없다면 차라리 후련
하게 인정하고 기우제를 드리는 게 낫다고 말도 나왔다.

악천후만큼 이 코스를 어렵게 만드는 요인은 없기 때문이다. 그 말에는 지난 예선전 동안 평균 이하의 풍속이 선수들을 도왔다는 인식도 들어 있었다.

공교롭게도 3라운드에 바람이 한층 강해졌다. 특히 늦게 출발한 상위권 선수들은 어려움을 겪을 가능성이 높아져 표정이 밝은 선수가 없었다.

늘 담담한 태주도 밝은 얼굴은 아니었는데, 나 홀로 타수를 줄여나가기 시작했다. 다들 우수수 떨어지는 가운데, 전반에만 3타를 줄여 메이저 대회 최저타 타이를 이뤘다.

"자꾸 기록을 깨면 더 부담스럽지 않을까요?"

"돈이 되잖아!"

"신기록에 돈이 걸려 있나요?"

"그건 아니지만 신기록은 프로의 커리어를 높이는 효과가 있고, 위상이 올라가면 뭘 하든 부가가치가 올라가니까. 어차피 그걸 깰 사람이 자신뿐이라는 생각도 할 거야."

"에이! 거기까지 생각하지 않을 겁니다. 하지만 프로가 되는 건 행복한 일인 것 같아요."

프로라고 다 행복하겠나?

디 오픈에 출전한 선수들 중에 그런 느낌을 누리고 있는 선수는 단 몇몇에 불과할 것이다. 치열한 경쟁이 전쟁보다 더 지독하다고 느낄 선수도 있다.

그래도 최고의 무대를 밟고 있는 프로이기에 먹고사는 것에 대한 부담은 적겠지만, 작은 실수도 용납되지 않는 빡빡한 경쟁을 고려하면 쉽게 뱉을 수 있는 말이 아니었다.

그래도 그런 철없는 말을 뱉는 폰에게 헬렌은 모진 말을 삼갔다. 태주처럼 빛날 인재라는 확신을 품고 있었기 때문이다.

"바람이 깡패네!"

"어드레스가 흔들릴 때도 있습니다."

"네가 저탄도 샷에 특화된 게 이럴 때 더 효력이 좋아 다행이다."

"저탄도 샷에 특화되었다고 누가 그래요?"

"헐! 알았어. 뭐든 다 들어줄 테니까 이젠 좀 살살 가자. 공만 뜨면 조마조마해서 쓰러지겠어."

"그러죠."

사방에서 통곡 소리가 빗발쳤지만, 태주와 홍 프로는 휘몰아치는 바람을 즐기는 듯 보였다.

전반에 3타를 줄여 부담이 적기도 했지만, 특유의 펀치 샷이 팍팍 꽂혀 타수를 잃을 위기를 겪지 않았기 때문이다.

짧은 12번 홀에서 버디를 하나 추가한 태주는 14번 롱 홀에서도 버디를 낚으며 결국 -5로 3라운드를 마쳤다.

결선 라운드에 진출한 77명 중에서 언더파가 고작 3명뿐

이었지만 또다시 −5를 추가해 −22가 된 태주는 2위와의 타
수를 13타 차로 더 벌렸다.

[남은 것은 2위 싸움?]
[또다시 와이어 투 와이어 우승?]
[이래도 되나? 왜 경쟁자가 없나?]

아직 18홀이 남았다.
하지만 태주의 우승을 의심하는 자는 없었다.
오히려 경쟁자가 없다면서 탑 랭커들을 싸잡아 비판하는
기사들이 쏟아졌다.
나이도 어리다.
게다가 경력도 일천하다.
신체조건이 더 좋은 선수들도 부지기수다.
그런데 왜 경쟁조차 하지 못하냐는 말에 대꾸하는 선수는
없었다.
"보스. 대회 중에 이런 보고를 드리게 되어 조심스럽지만,
전혀 예상치 못한 곳에서 연락이 왔습니다."
"어딘데 그러세요?"
"한국 방위사업청과 한국항공우주산업, KAI입니다."
"그들이 왜요?"

"내용은 확인할 길이 없었고 한국에 언제 들어오시는지 묻더군요. 물론 일정을 알려주진 않았는데, 꼭 좀 만나 뵙고 싶다고 아주 사정사정하던데요."

뭔가 스쳐 지나가는 생각이 있었다.

하지만 자신과는 무관한 일이기에 애써 무시하기로 했다.

방위사업과 관련된 화제일 텐데, 골프 선수인 자신을 만날 이유가 없다. 아무래도 A&D와 관련된 것 같았다.

'마틴이 손을 썼나?'

'이제 포기한 줄 알았는데….'

최종 라운드는 우승 축제처럼 펼쳐졌다.

동반자들도 아예 축하한다는 말까지 건넸다.

그리고는 2위 싸움에 여념이 없었는데, 태주의 좋은 샷에 박수까지 치는 광경은 보다보다 처음이었다.

충분히 벌려 놓기 잘했다는 생각이 들었다.

이날 바람이 더 강해졌으며 비까지 흩뿌렸기 때문이다.

그렇다면 혹시 역전 같은 생각을 할 수도 있는데, 중계진마저 그런 언급은 입도 벙긋하지 않았다.

- 와우! 굿 샷!

- 뒷바람까지 탔습니다. 과연 얼마나 날아갈까요?

- 400야드에는 미치지 못했습니다. 무지 실망스럽네요.

하하하!

- 페어웨이를 지키는 게 더 중요하다고 본 것 같습니다. 볼 스피드가 209마일을 찍어 한껏 기대했는데 힘을 살짝 뺀 것 같습니다.

- 그런데 오늘도 빈틈은 보이질 않네요. 그냥 즐겨도 무방할 것 같은데, 타수 차를 더 벌리고 있습니다.

승부와 연관이 없는데도 태주의 샷은 거의 빠짐없이 보여 줬다. 스윙 하나하나가 다 작품이라는 찬사가 쏟아지고 있었기 때문이다.

결국 악천후에도 태주는 3타를 줄여 -25로 경기를 마쳤다. 치열한 2위 싸움 때문에 타수 차는 14타 차로 더 벌어졌다.

경기 전날 이뤄진 도발적인 인터뷰 때문에 심한 반발을 보인 팬들이 많았으나 그게 도리어 더 큰 주목을 불러온 기폭제가 된 셈이었다.

[세인트 앤드류스, 황제 인증 기념식장이 되다]

[PGA 7연승, 메이저 대회 3연승 포함 13연승 쾌거]

[-25 메이저 대회 최저타 기록 갱신. ST 앤드류스, 코스 리노베이션 심각하게 고려하겠다는 발표 터지다]

[그의 연승은 어디까지? 마스터즈는 왜 그를 초청하지 않았나? 캘린더 그랜드슬램 가능성 매우 높았는데!]

하다하다 태주의 마스터즈 초청 불발에 대한 비판기사도 나왔다. 출전 자격이 없어 초청받지 못한 것은 당연했다.

하지만 바로 그 전 주에 텍사스 오픈을 우승했고 하위 투어 6연승을 달리고 있어 초청 대상에 거론되었다고 했다.

아쉬움을 넘어 혜안이 없었던 결정이라는 비판, 적절치 않다. 우승한다는 보장도 없는데, 한 해에 메이저 대회 4개를 모든 거머쥐는 캘린더 그랜드슬램이 달성되었을지도 모른다니.

그래도 그 기사에 동조하는 댓글이 적지 않았다.

- 위대한 기록을 세우셨는데, 소감부터 한 말씀 부탁드립니다.

"열렬히 응원해 주신 팬들에게 진심으로 감사드립니다. 프로는 팬의 사랑과 응원을 먹고 사는 존재, 저의 기록은 여러분이 만들어 주신 것이라고 생각합니다."

- 대회 전 인터뷰와는 톤이 다르군요. 우승과 신기록을 장담하고 급기야 이루셨는데, 연승기록이 얼마나 이어질 것이라고 생각하십니까?

"머잖아 깨질 겁니다. 정말 운이 좋았던 여정이었습니다."

굳이 그렇게 말할 필요는 없었다.

매 대회마다 연승은 깨질 것이라고들 생각했다.

하지만 수많은 우려와 비판을 이겨 내고 US 오픈에 이어 디 오픈까지 거머쥐지 않았던가!

이젠 나가는 대회마다 우승할 것 같은데, 본인이 급 겸손 모드를 드러내자 오히려 당황한 것은 기자들이었다.

- 2위와 14타 차의 현격한 기량 차이를 보이셨는데, 혹시 부상이라도 있는 건가요?

"부상은 아닙니다만 심신이 지친 것은 사실입니다. 2, 3주에 한 번 출전하는 데도 이렇게 힘든데, 연이은 출전을 강행하는 동료들을 보면 안타깝기도 하고 저는 더 차분하게 준비해 대회에 임해야겠다는 생각이 듭니다. 팬들의 기대에 부응하기 위해서라도."

- 아! 보다 완벽한 경기력을 위해 적당한 휴식과 훈련이 필요하다는 말씀이군요?

그렇다.

이번 대회도 4주 만에 출전한 것이다.

한국과 태국에 들러 편안한 휴식도 취했고 아쉬워했던 일정도 소화했다. 그 덕분에 최상의 컨디션으로 대회에 임할 수 있었고 좋은 결실도 거뒀다.

대회를 이어 갈 때는 미처 의식하지 못했지만, 라운드를 마치고 축하를 받으며, 인터뷰를 하는 지금도 매우 피곤했다.

집중한 만큼 그에 비례해 체력이 방전된 것 같은 한계를 느꼈다. 좋은 기록을 이어 가기 위해서도, 자신을 위해서도 충분한 휴식이 필요했다.

- 그렇다면 다음 출전은 언제쯤 될까요?
"파이널 시리즈가 되지 않을까 싶습니다."
- 다시 4주를 쉬시겠다는 말입니까? 상금이 큰 대회만 골라서 나간다는 비판이 나오지 않을까요?
"하하. 그런 비판은 이미 있는 것으로 압니다. 하지만 준비되지 않은 모습을 보여 드리고 싶지 않고, 그사이에 아주 중요한 대회가 하나 있습니다."

아주 중요한 대회라니?
말하는 것을 보면 거기 출전할 것 같았기에 기자들이 귀를 쫑긋 세웠다.

태주는 이런 상황을 유도한 것이다.

다름이 아닌 코리안 챔피언십을 홍보하기 위해서였다.

아직 KPGA에서도 메이저 대회로 인정받지 못한 대회지만 상금 규모가 워낙 크고 시리즈로 이어지기 때문에 추후 메이저 대회로 승격할 가능성은 높다.

하지만 신규 대회가 빛나기 위해서는 유명한 선수들이 많이 출전해 언론의 주목을 받아야만 한다.

- KPGA는 격이 한참 떨어지는 대회인데, 당신의 조국이라고 해도 굳이 그런 소규모 대회에 출전할 필요가 있나요?

"격이 떨어진다고 하셨습니까? 물론 대회 수나 상금 규모는 PGA에 비할 바가 아니죠. 하지만 KLPGA의 경쟁력을 여러분도 익히 아시지 않습니까?"

- 한국 여자 투어는 굉장하다고 인정합니다. 하지만….

"제 스승님이 호스트입니다! 저뿐만 아니라 여러 정상급 프로들도 출전하게 될 겁니다."

- PGA 소속 상위 랭커도 출전한단 말입니까?

"네. 한 번 지켜보시죠!"

미리미리 손을 써놓긴 했다.

추후 TS 아카데미 헤드코치로 영입할 재크 존슨과는 꾸준히 교류를 해 왔고 긍정적인 대답도 들었다.

또한 타이거 우즈도 생각해 보겠다고 했었는데 아직 구체적인 대답을 확인하지 않았다. 너무 소홀했다는 생각에 인터뷰가 끝나자마자 헬렌과 상의했다.

"존슨은 2주 전에 벌써 한국 일정을 잡으라고 했어요. 하지만 타이거는 우리 선수가 아니다 보니 당신이 직접 확인해야 할 것 같아요."

"우리 소속사 선수들 언제 출발합니까?"

"내일 오전에 전용기를 띄우기로 했어요. 혹시 그들에게 부탁하려는 건가요?"

"네. 한두 명만 건져도 시도해 볼 가치는 있을 것 같습니다. 초청 비용을 따로 책정해야겠죠?"

"음⋯. 그렇지는 않을 거예요. 자기가 하기 나름일 듯!"

무슨 말인지 바로 알아듣진 못했다.

'자기'라는 표현에 당황해서.

지금 디 오픈에 출전하고 이 별장에 머물고 있는 선수는 6명이다. 8명 중에서 2명은 컷을 당해 이미 돌아갔다.

저스틴 토마스, 스코티 셰플러, 브룩스 켑카, 대니얼 버거, 필 미켈슨, 저스틴 로즈가 별장에서 휴식을 취하고 있었다.

헬렌은 좋은 와인과 겸손한 태도로 부탁한다면 의외로 여러 명을 낚을 수 있을 것이라고 말했다.

"그들에게도 당신은 특별한 존재거든요."

"무슨 뜻이죠?"

"절대자와 친분을 가지고 싶어 하는 것은 당연하잖아요. 특히 필은 아주 심해요. 왜냐면 당신이 평생의 앙숙인 타이거랑 친한 거 같으니까."

"아하!"

"그리고 이참에 인싸가 되세요. 루키일 때는 본인이 원해도 어려웠겠지만 지금은 오히려 주도권을 쥘 수도 있죠!"

'인싸'는 인사이더의 줄임말로, 각종 행사나 모임에 적극적으로 참여하면서 사람들과 잘 어울려 지내는 사람을 뜻한다.

수백의 프로들이 활약하는 PGA지만 유명한 선수들끼리는 서로 친분을 다지고 있다. 일종의 패거리 문화로 볼 수 있는데, 그걸 통해 본인의 위상을 확인하고 서로 밀어주기도 한다.

최근에는 대형에이전시가 중심이 되어 모임을 적극 지원하고 각종 행사를 열어 만족감을 높이는 역할을 감당해 왔다.

고로 헬렌이 도와준다면 인싸가 되는 것은 어렵지 않았다.

"이게 누구신가?"

"오랜만에 뵙습니다. 필! 바로 옆에 머물면서도 마음만 급해 진즉에 찾아와 인사드리지 못한 점, 너그러이 용서해 주십시오."

"어허! 왜 이러시나? 지존께서."

"무슨 그런 말씀을 하십니까. 당신은 제 어릴 적 영웅입니다. 제 선생님은 필 미켈슨의 플롭 샷, 로브 샷이 지구 최고라며 늘 그 영상을 보고 배우라고 틀어 주셨습니다."

"허허허! 영광스러운 일이군. 그런데 갑자기 왜 내 기분을 맞추려는 걸까?"

산전수전 다 겪은 그를 속일 수 있을 거라는 생각은 하지 않았다. 운동선수는 머리가 나쁠 거라는 편견은 틀렸다.

한 종목에서 일가를 이룬 사람은 필시 그만한 이유가 있다. 그는 좋은 기술을 보유한 프로 골퍼임과 동시에 매우 지혜로운 사람이다.

세계 최고의 자리를 차지하려면 똑똑하지 않고 불가능하다. 그래서 쉰이 넘은 지금도 투어에서 활약할 수 있는 것이고.

때문에 그는 태주가 자신에게 납작 엎드리는 것이 모종의 이유가 있다고 생각할 것이다. 그런데도 싫지 않은 기색인 것을 보면 헬렌의 예측은 정확했다.

"늦었지만 오늘 밤 조촐한 파티를 열고 싶습니다. 같은 소속사 여러 선배님들을 모시고."

"아! 난 또…. 그거야 뭐가 어렵겠나. 대회가 끝나는 날, 바로 집에 돌아가기 힘든 장소일 경우에는 자동으로 모이지. 잠시 뒤 9시에 다들 모여 진탕 한잔 나눌 걸세."

"제가 헬렌에게 최고급 와인을 부탁해 놨습니다."

"오호! 최고급 와인이라…. 그거 좋지."

일단 필 미켈슨이라는 지름길을 타기로 결정했다.

아무 준비도 없이 여럿의 앞에 나서면 겉으로는 환영할지 모르지만 속내는 그 반대일 가능성이 높다.

나이도 어리고 경력도 일천한 태주가 자신들이 오랜 기간 쌓아온 업적을 모래성처럼 보잘것없게 만들었다고 생각할 수 있기 때문이다.

그러면서도 개인적인 친분은 가지고 싶을 텐데, 그 묘한 경계선을 잘 타야 소기의 목적을 달성할 수 있다고 판단했다.

필은 자신을 먼저 찾아온 것 자체가 기분 좋은 것 같았다. 앞으로 형님으로 모시겠다는 한국적인 정서가 담긴 표현을 썼는데, 그것도 매우 좋아했다.

그러더니 모임이 시작되자 태주를 이렇게 소개했다.

"나의 아끼는 동생, TJ가 왔어. 다들 반겨 주면 좋겠군!"

"동생이라니? TJ는 타이거의 동생 아닙니까?"

"자네들 한국인에 대해 너무 모르는군! 한국 사람들은 나이에 따른 예의를 상당히 중시해. 아주 바람직한 관습이지."

"아하! 그럼 우리도 오늘 좋은 동생 한 명 생기는 겁니까?"

"넵! 로즈. 전 이미 이전에 동반 라운드를 할 때부터 형님이라고 생각하고 있었는데, 저 혼자만의 착각이었습니까?"

"아니야. 이젠 형 동생 하자고! 하하하!"

저스틴 로즈는 1980년생이다.

1970년생인 필 미켈슨보다는 한참 어리지만 이 모임에서는 둘째 형이었다. 일전에 같이 라운드하며 꽤 친해졌으나 어정쩡하다고 생각했는지, 이후 특별한 교류는 없었고 만나면 인사만 나눴었다.

그때랑 지금의 위상이 급격히 달라졌음을 느낄 수 있는 것이 태주가 형님으로 생각하고 있었다는 말을 듣고 만면에 웃음이 활짝 폈다.

로즈를 제외한 다섯 명은 모두 미국인이다.

1993년생인 토마스와 대니얼, 1996년생인 셰플러, 의외로 브룩스 켑카가 1990생으로 태주보다 9살이나 많았다.

"제가 막내로군요. 저는 8살 때부터 프로 지망생으로 아카데미에서 훈련을 받았습니다. 제 선생님은 필의 숏 게임이 세계 최고라고 말씀하셨고 그 영상들을 보고 배웠으니 필은 제게 선생님이나 다름이 없습니다."

"허허허! 다들 들었지?"

"그래서 TJ가 숏 게임이 가장 약한 거 아닙니까?"

"이봐! 로즈. 황제 앞에서 그렇게 불손한 말을 하면 안 되지! 우리 그럼 자네랑 TJ의 숏 게임 데이터를 찾아보고 다시 얘기할까?"

"헉! 제가 실언을 했네요. 크크크."

때맞춰 헬렌이 들어왔다.

최고급 와인이 담겨 있는 캐리어를 끌고.

다들 환호성을 질렀다.

이게 태주가 쏘는 한턱이라는 말을 듣더니 엄지를 세웠다.

한 병 가격이 직장인 월급에 준하는 와인을 여러 병 내놓으면서도 아깝지 않은 이유는 이들과의 교류가 그만한 가치가 있다는 느낌을 받았기 때문이었다.

어떻게 이리도 금방 친해질 수 있을까 싶을 만큼 화기애애해졌다. 와인으로는 취기가 돌지 않을 것이라고 생각했으나 취기는 알코올 농도가 아니라 분위기가 만든다는 것도 알게 되었다.

"자네 한국으로 들어간다며?"

"네. 2주 후에 꼭 참가해야 하는 대회가 있습니다."

"코리안 챔피언십?"

"알고 계셨습니까?"

"기사를 봤지. 그런데 호스트라는 자네 선생님은 돌아가셨다고 들었는데, 내가 잘못 알고 있는 건가?"

"아닙니다. 3년 전에 돌아가신 것 맞습니다. 그래서 친구이자 제 아버지가 선생님을 기리기 위해 개최하시는 겁니다."

"빠질 수 있는 대회가 아니로군!"

"그렇죠."

뜬금없이 그 얘기를 꺼낸 사람은 필이었다.

그는 태주의 의중을 이미 파악하고 있었던 것이다.

그는 이미 알고 있는 내용일 것 같은데, 질문을 통해 화제로 띄운 이유는 낚시라고 봐야 했다.

그가 먼저 결단을 내려주면 더없이 좋을 분위기였는데, 의외로 브룩스가 먼저 관심을 드러냈다.

"나도 한국은 꼭 한 번 가 보고 싶은데⋯. 요즘 가장 핫한 나라잖아. 가 보고 싶은 곳도 많고 먹고 싶은 음식도 있지."

"제가 초청하면 오시겠습니까? 물론 제가 직접 가이드를 해 드릴 생각입니다만⋯."

"이봐! TJ. 나부터 의향을 물어봐야 하는 거 아냐?"

"빅 브라더는 당연히 모셔야죠. 한국에·오신다면 저희 집 안방도 내드릴 수 있습니다."

"하하하! 안방? 그렇다면 당연히 가야지. 사실 나도 먹고 싶은 한국 음식이 많거든! 갈비찜, 삼겹살, 삼계탕⋯."

"처갓집이 아주 유명한 한식당을 경영합니다. 장모님의 손
길이 깃든 기가 막힌 갈비를 배 터지게 대접해 드리겠습니
다."

"배 터지게? 하하하! 가야지. 같이 가자고!"

필이 물꼬를 트자 켑카가 동참했고 토마스, 셰플러, 대니
얼까지 합류했다. 로즈는 선약이 있어 아쉽다는 말을 남겼
다.

다들 세계적인 선수들이라 이보다 기쁠 수는 없었다.

특히나 타이거 우즈와 필 미켈슨이 함께 출전한다면 그건
대박을 칠 것이다. 한국 골프 팬들 중에 그 두 사람의 대결
을 보고 싶지 않은 사람이 어디 있을까?

거기에 태주가 끼고 브룩스 켑카까지 함께 플레이를 한다
면 같은 기간에 열릴 PGA 대회보다 관심을 받게 될 것이다.

"기대 이상이네요."

"네. 헬렌. 저도 이렇게 반응이 좋을지 몰랐습니다. 저보다
K 푸드가 더 큰 공을 세운 것 같습니다."

"요즘 영화나 드라마에서 한국 문화가 집중 조명되는 게
영향을 미친 것 같아요. 하지만 그대와 함께하고 싶다는 의
향도 작용했다고 봐야죠. 정말 하루 만에 인싸가 되었네요?"

"뭘 또 그렇게까지⋯."

"선배 대접을 해 주려면 상당히 귀찮을 텐데, 괜찮겠어요?"

"아! 서로 끌어주고 밀어주고. 그런 건 몸에 익은 겁니다. 저로서는 이제야 투어에 깊숙이 합류한 느낌이 들어 그 또한 좋습니다."

미국으로 향하려던 전용기가 방향을 틀었다.

어차피 로즈는 유럽에 넘어온 김에 남아공 고국에 들른다고 해서 5명의 형들을 태운 비행기가 한국을 향하게 되었다.

태주는 타이거와 함께 태국에 들르는 일정이 잡혀 그들이 먼저 한국에 도착하게 되었고 한국 골프 팬들의 열렬한 환영을 받은 기사를 지면을 통해 확인할 수 있었다.

직접 가이드를 해 주기로 했지만, 그 역할은 유라가 대신하게 되었다. 그래 봐야 사흘 간격이지만 한국에 대해 잘 아는 헬렌이 함께 가는 바람에 마음을 놓을 수 있었다.

"자네도 같이 갔어야 하는데, 나 때문에 미안하게 됐어."

"무슨 그런 말씀을 하십니까. 이 일정은 그보다 먼저 예정되었던 거잖아요. 저렇게 좋아하는 폰을 보면 저도 이 일정을 함께 소화할 수 있어 기쁩니다."

타이거 우즈는 이제 더 이상 골프 황제가 아니다.

왕좌에서 내려온 지 상당한 시간이 지났다. 그런데도 여전한 권력을 누릴 수 있었던 이유는 그 자리를 대신할 선수가 오랫동안 나타나지 않았기 때문이었다.

이제 태주가 모두가 인정하는 신임 황제로 등극하면서 그가 누리던 각종 권력은 시간의 뒤안길로 사라지고 있었다.

때문에 태주의 존재는 그에게 결코 반가울 수 없다. 그럼에도 불구하고 동료들마저 단짝 내지는 형제처럼 지낸다고 인정하는 모습은 의아함을 자아내기에 충분했다.

영웅은 영웅을 알아본다는 말도 하지만.

그런데 수완나폼 공항에 도착한 태주는 깜짝 놀랐다.

"와우! 팬들의 반응이 정말 대단한데?"

"저보다 형님을 보러 온 사람이 더 많다는 거, 놀랍습니다."

"에이! 무슨 소리야!"

"아닙니다. 저 반응을 자세히 좀 보세요. 이래서 사람은 출신을 중시할 수밖에 없는 것 같습니다."

"이럴 줄 알았으면 더 자주 왔어야 하는데, 내가 너무 소홀했다는 생각이 들게 만드는군."

"제게도 마음에 새길 가르침을 주는 것 같습니다."

〈9권에서 계속〉

갑작스레 찾아온 세상의 멸망.

사람을 죽이면 죽일수록 강해지는 약탈자들과 갑자기 나타난 괴물들.
사람이든 사물이든 만져서 고칠 수 있는 능력을 얻은 고물상 주인 이성필.
위험해진 세상을 성필은 주변 사람들과 함께 헤쳐 나간다.

황폐해진 세상을 고쳐 나가는 아포칼립스 판타지!

손만 대면 다 고쳐

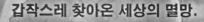

해우 현대판타지 장편 소설
DONG-A MODERN FANTASY STORY

총에 맞고 죽을 뻔한 국정원 지원요원 최강.
잠시 떨어졌던 사후 세계에서 두 영혼이 딸려 왔다.

마법사 제라로바와 암살자 케라는
최강의 몸에 깃들어 힘을 빌려주기로 하고.

책상물림 지원요원이던 최강은,
두 영혼의 도움으로 최강의 요원으로 재탄생한다!

「불사신 혈랑」 박현수의 새로운 현대 첩보 판타지!

빙의로
최강요원

박현수 현대판타지 장편 소설
DONG-A MODERN FANTASY STORY

동아
COMMUNICATE
GROUP